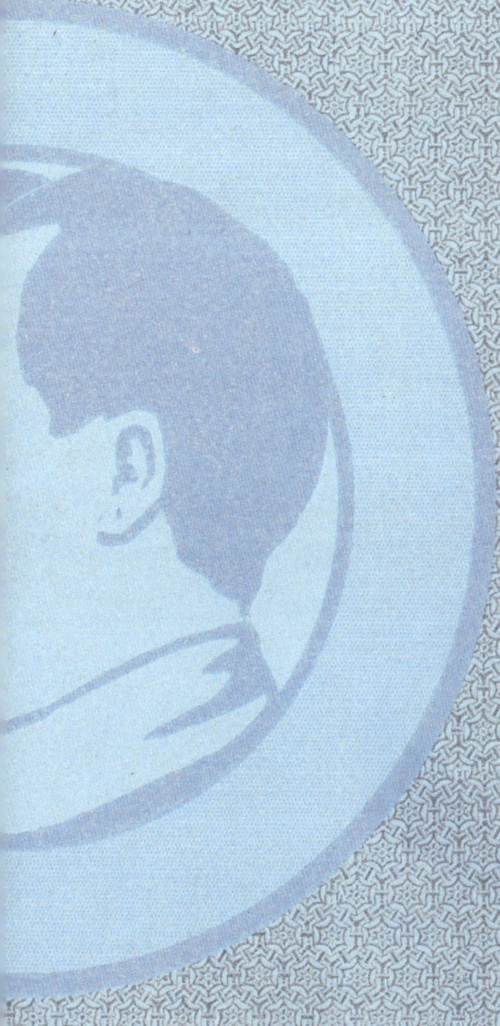

新文学选集

朱自清选集

开明出版社

朱自清先生遗像

（一九三一年夏，出国前摄于上海）

中年便易傷哀樂老境
何當計短長衰疾常防
兒輩覽童真豈識我生
忙室人相敬水同味親友
時看星墜光筆鈔啟予
宵不寐萋君行健尚南強

夜不成寐憶 葉雅老境一文感而有作
錄奉
黃趣兄
葉雅姨
補壁並乞教正
弟朱自清

手迹———一九四七年冬写于清华园

一九三二年在北京与夫人陈竹隐合影

一九四六年抗战复员后与家属
摄于清华园

书　斋

出版说明

新中国成立不久，中央人民政府文化部就成立了"新文学选集编辑委员会"，负责编选"新文学选集"，文化部部长茅盾任编委会主任，出版总署副署长叶圣陶、中宣部文艺处处长、作协党组书记兼副主席、《文艺报》主编丁玲、文艺理论家杨晦等任编委会委员。"新文学选集"1951年由开明书店出版，是新中国第一部汇集"五四"以来作家选集的丛书。

这套丛书分为两辑，第一辑是"已故作家及烈士的作品"，共12种，即《鲁迅选集》《瞿秋白选集》《郁达夫选集》《闻一多选集》《朱自清选集》《许地山选集》《蒋光慈选集》《鲁彦选集》《柔石选集》《胡也频选集》《洪灵菲选集》和《殷夫选集》。"健在作家"的选集为第二辑，也12种，即《郭沫若选集》《茅盾选集》《叶圣陶选集》《丁玲选集》《田汉选集》《巴金选集》《老舍选集》《洪深选集》《艾青选集》《张天翼选集》《曹禺选集》和《赵树理选集》。

"选集"的编排、装帧、设计、印制都相当考究。健在作家选集的封面由本人题签。已故作家中，"鲁迅选集"四个字选自鲁迅生前自题的"鲁迅自选集"，其他作家的书名均由郭

沫若题写。正文前印有作者照片、手迹、《编辑凡例》和
《序》；"已故作家"的"选集"中有的还附有《小传》，《序》
也不止一篇。初版本为大 32 开软精装本，另有乙种本（即普
及本）。软精装本扉页和封底衬页居中都印有鲁迅与毛泽东的
侧面头像，因为占的版面较大，格外引人注目。毛泽东在《新
民主主义论》中称鲁迅"是文化新军的最伟大和最英勇的旗
手"，"是中国文化革命的主将"，"不但是伟大的文学家，而
且是伟大的思想家和伟大的革命家"，"鲁迅的方向，就是中
华民族新文化的方向"，刊印鲁迅头像是为了突出鲁迅在新文
学史上的权威地位，将鲁迅头像与毛泽东头像并列刊印在一
起，则寄寓着以鲁迅为代表的"五四"新文学发展的最终方
向，就是走向 1942 年以后的文艺上的"毛泽东时代"。学习毛
泽东《在延安文艺座谈会上的讲话》，实践毛泽东提出的革命
文艺发展的正确方针，是新中国文学发展的必由之路。

"已故作家"中，鲁迅、朱自清、许地山、鲁彦、蒋光慈
五人"因病致死"；瞿秋白、郁达夫、闻一多、柔石、胡也频、
洪灵菲、殷夫七人都是"烈士"，是被反动派杀害的。鲁迅和
瞿秋白是"左联"主要领导人；蒋光慈、洪灵菲、胡也频、柔
石、殷夫都是"左翼作家"。闻一多、朱自清是"民主主义者
和民主个人主义者"，但他们"在美国帝国主义者及其走狗国
民党反动派面前站起来了"，"闻一多拍案而起，横眉怒对国
民党的手枪，宁可倒下去，不愿屈服。朱自清一身重病，宁可
饿死，不领美国的'救济粮'。他们是我们民族的脊梁"，"表

现了我们民族的英雄气概"。① "已故作家"和"烈士作家"选集的出版,"正说明了中国人民的、革命的文学和文化所走过来的路,是壮烈的"②。

"健在作家"中郭沫若位居政务院副总理兼文教委主任,是国家领导人。茅盾"是党的最早的一批党员之一,曾积极参加党的筹备工作和早期工作",③ 又是新中国的文化部部长、作家协会主席,身份特殊。洪深、丁玲、张天翼、田汉、艾青、赵树理等都是党员作家。叶圣陶、巴金、老舍、曹禺等人在文学上的成就自不待言,又都是我党亲密的朋友,是"进步的革命的文艺运动"(茅盾语)的参与者,是"革命文艺家"④。

"健在作家的作品",由作家本人编选,或由作家本人委托他人代选。"已故作家及烈士的作品",由编委会约请专人编选。《郁达夫选集》由丁易编选、《洪灵菲选集》由孟超编选,《殷夫选集》由阿英编选,《柔石选集》由魏金枝编选,《胡也频选集》由丁玲编选,《蒋光慈选集》由黄药眠编选,《闻一多选集》和《朱自清选集》均由李广田编选,《鲁彦选集》由周立波编选,《许地山选集》由杨刚编选。编委会约请

---

① 毛泽东:《别了,司徒雷登》,《毛泽东选集》第 4 卷,人民出版社 1991 年版,第 1496 页。

② 冷火:《新文学的光辉道路——介绍开明书店出版的"新文学选集"》,《文汇报》1951 年 9 月 20 日第 4 版。

③ 胡耀邦:1981 年 4 月 11 日在沈雁冰追悼会上的致词。

④ 冷火:《新文学的光辉道路——介绍开明书店出版的"新文学选集"》,《文汇报》1951 年 9 月 20 日第 4 版。

的编选者多为名家，且与作者交谊深厚，对作者的创作及其为人都有深切的了解，能够全面把握作家的思想脉络，准确地阐述其作品的文学史意义。《鲁迅选集》和《瞿秋白选集》则由"新文学选集编辑委员会"编选，规格更高。

这套丛书的意义首先在于给"新文学"定位。《编辑凡例》中说："此所谓新文学，指'五四'以来，现实主义的文学作品而言"；"现实主义是'五四'以来新文学的主流"；"新文学的历史就是批判的现实主义到革命的现实主义的发展过程"。这种独尊"现实主义的文学"的做法，把浪漫主义、象征主义以及意识流小说等许许多多优秀的文学作品挡在"新文学"的门槛之外了，在今天看来不免"太偏"，可在新中国成立伊始的"大欢乐的节日"里，似乎是"全社会"的"共识"。《编辑凡例》还说："这套丛书既然打算依据中国新文学的历史发展的过程，选辑'五四'以来具有时代意义的作品"，使读者"藉本丛书之助"，"能以比较经济的时间和精力对于新文学的发展的过程获得基本的初步的知识"，从而点出了这部"新文学选集"的"文学史意义"：编选的是"作品"，展示的则是"新文学的发展的过程"。把"现实主义的文学"作为"新文学"的主流，以此来筛选作品；重塑"新文学"的图景；规范"新文学史"的写作；建构"新文学"的传统；回归"完整的理论体系和最高指导原则"；为新中国的文学创作提供借鉴和资源，乃是这套"新文学选集"的意义和使命所在，因而被誉为"新文学的纪程碑"。

遗憾的是这套丛书未能出全。"已故作家及烈士的作品"

只出了 11 种,《瞿秋白选集》未能出版。瞿秋白曾经是中共的"领袖",按当时的规定:中央一级领导人的文字要公开发表,必须经中央批准。再加上瞿秋白对"新文学"评价太低,他个别文艺论文中的见解与"左翼"话语相抵牾,出于慎重的考虑,只好延后。健在作家的选集也只出了 11 种,《田汉选集》未能出版。他在 1955 年人民文学出版社出版的《〈田汉剧作选〉后记》中对此做了解释:

> 当 1950 年新文学选集编辑委员会编选五四作品的时候,我虽也光荣地被指定搞一个选集,但我是十分惶恐的。我想——那样的东西在日益提高的人民的文艺要求下,能拿得出去吗?再加,有些作品的底稿和印本在我流离转徙的生活中都散失了,这一编辑工作无形中就延搁下来了。

"作品的底稿和印本"的"散失",并不是理由;"惶恐"作品"在日益提高的人民的文艺要求下,能拿得出去吗?",这才是"延搁"的主因。出版的这 22 种选集中,《鲁迅选集》分上、中、下三册,《郭沫若选集》分上、下二册,其馀 20 位作家都只有一册,规格和分量上的区别彰显了鲁迅和郭沫若在我国现代文学史上崇高的地位,鲁迅是新文化运动的旗手和主将，郭沫若是继鲁迅之后的又一位"主将"和"向导"①，从而为鲁郭茅巴老曹的排序定下规则。

　　鉴于这套丛书的重要意义，本社依开明版重印，并保留原有的风格，以飨读者。

开明出版社

---

① 周恩来：《我要说的话》，重庆《新华日报》1941 年 11 月 17 日第 1版。

编辑凡例

一、此所谓新文学，指"五四"以来，现实主义的文学作品而言。如果作一个历史的分析，可以说，现实主义是"五四"以来新文学的主流，而其中又包括着批判的现实主义（也曾被称为旧现实主义）和革命的现实主义（也曾被称为新现实主义）这两大类。新文学的历史就是从批判的现实主义到革命的现实主义的发展过程。一九四二年毛主席在延安文艺座谈会的讲话发表以后，革命的现实主义文学便有了一个新的更大的发展，并建立了自己完整的理论体系和最高指导原则。

二、现在这套丛书就打算依据这一历史的发展过程，选辑"五四"以来具有时代意义的作品，以便青年读者得以最经济的时间和精力获得新文学发展的初步的基本的知识。本来这样的选集可以有两种方式，一是按照作品时代先后，成一总集，又一是个别作家各自成一选集；这两个方式互有短长，现在所采取的，是后一方式。这里还有两个问题须要加以说明。第一，这套丛书既然打算依据中国新文学的历史发展的过程，选辑"五四"以来具有时代意义的作品，换言之，亦即企图藉本丛书之助而使读者能以比较经济的时间和精力对于新文学的发展的过程获得基本的初步的知识，因此，我们的选辑的对象主要是在一九四二年以前就已有重要作品出世的作家们。这一个范围，当然不是绝对的，然而大体上是有这么一个范围，并且也在这一点上，和《人民文艺丛书》作了分工。第二，适合于上述范围的作家与作品，当然也不止于本丛书现在的第一、二两辑所包罗的，我们的企图是，继此以后，陆续再出第三、四……等辑，而使本丛书的代表性更近于全面。

三、本丛书第一、二两辑共包罗作家二十四人，各集有为作家本人自选的，也有本丛书编委会约请专人代选的，如已故诸作家及烈士的作品。每集都有序文。二十馀年来，文艺界的烈士也不止于本丛书所包罗的那几位，但遗文搜集，常苦不全，所以现在就先选辑了这几位，将来再当增补。

新文学选集编辑委员会
一九五一年三月，北京

序

李广田

一

这本选集，是当朱自清先生的全集行将出版的时候选定的。全集共五册，二十六种，近两百万言。其中诗歌、散文、杂论及批评，几占全集的二分之一。这里只是从这二分之一中选取诗七首，文三十二篇，大约不过十五万字的篇幅。

为了使这本选集能如期付印，选录时所根据的都是已经出过单行本的作品。正在排印着的全集中的《文艺之力》《语文续拾》《语文影》和《杂文遗集》等均未选到。这几种里的文章也并非全无可选，但比较起来，却是并不怎么重要的。

为了从这本选集能看出作者在思想上作风上的变化发展、这里自始至终都是按写作前后排列的，从一九一九到一九四八。本集共分三辑，大致是按类别：第一辑是诗，第二辑是散文，第三辑是杂论和批评。照比例看，第三辑的分量相当重，因为这是朱先生三十年辛苦工作的顶点，从这一辑，可以看出朱先生的进步，可以看出他如何改造自己，坚定自己，并把自己的生命和用生命所创造的一切都献给了人民。

二

　　朱先生的文学工作从创作开始。他先写诗，以后又写散文。在当时的作家中，有的从旧垒中来，往往有陈腐气；有的从外国来，往往有太多的洋气，尤其是往往带来了西欧世纪末的颓废气息。朱先生则不然，他的作品一开始就建立了一种纯正朴实的新鲜作风。他的第一本书是《踪迹》，《踪迹》的第一首是《光明》，他感到世界的黑暗，他急切地要求光明，而他的结语是：

　　　　你要光明，你自己去造。

　　这是一种简单明快的积极生活态度，这是对自己负责，对生活本身负责的态度。《踪迹》中的长诗，也是当时最引人注意的诗，是《毁灭》，然而这里并不是人生的毁灭，而是现实生活的肯定。他充满了慨叹地说：

　　　　况死之国又是异乡，

　　　　知道它甚么土宜哟！

　　　　只有在生之原上，

　　　　我是熟悉的。

　　所谓"生之原上"，就是我们大家共存共活的这片土地，这个世界，在这里，人可以切实生活，才可以创造光明。

他以后之所以不写诗，也不写其他，而专写散文，这一方面是生活所形成，一方面是他自己反省的结果，他是有意识地这样作的。他在《背影》自序中说：

> 我是大时代的一名小卒，是一个平凡不过的人。才力的单薄是不用说的，所以一向写不出什末好东西。我写过诗，写过小说，写过散文。二十五岁以前，喜欢写诗，近几年诗情枯竭，搁笔已久……我觉得小说非常地难写；不用说长篇，就是短篇，那种经济的、严密的结构，我一辈子也写不来。我不知道怎样处置我的材料，使它们各得其所。至于戏剧，我更始终不敢染指。我所写的大抵还是散文多。……我自己是没有什么定见的，只当时觉得要怎样写便怎样写了。我意在表现自己，尽了自己的力便行；仁智之见，是在读者。（一九二八）

知道自己的限度，知道自己的较短处和较长处，老老实实地表现自己，这可以看出朱先生的生活态度和文学态度。"人性解放"，是当时的一种文化思想，"表现自己"，是当时的一种创作方针。诚实地作人与诚实地写作，产生了朱先生前一期的立诚的文学。《背影》一文，寥寥千五百言，其所以能历久传诵而有感人至深的力量者，当然并不是凭借了什么宏伟的结构和华丽的文字，而是凭了他的老实，凭了其中所表达的真情。这种表面上看起来简单朴素，而实际上却能发生极大的感动力的文章，可以作为朱先生的代表作品，因为这样的作品，也正好代表了作者之为人。诚恳，老实，是朱先生的本色，可是他绝不迂阔，更不顽固或偏狭。他在《"海阔天空"与"古今中外"》中说；

> 人生如万花筒，因时地的殊异，变化无穷，我们要能多方面的了解，多方面的感受，多方面的参加，才有真趣可言。……但多方面只是概括的要求，究竟能有若干方面，却因人的才力而异——我们只希望多多益善而已！（一九二五年五月九日，见散文集《你我》）

就凭了这多方面了解，多方面感受，多方面参加的生活态度，他才生活得健康，他才不断地进步，他的作品中才避免了那些坏的影响，而发扬了那些优良的影响。

朱先生放弃了诗，又逐渐放弃了记事抒情之类的散文，但另一种散文却开始了，这就是本来要写成一本专书而终于只成了《语文影》中的一部分，题作"人生一角"的若干篇文。批评"人生"，是这些文章的主要内容，叫做"一角"，这是朱先生的谦虚，言其所见者只是一角，并非人生的全体。年岁大了，经验多了，情感渐渐收敛，理智渐渐开拓，于是心平气和，平正通达，严肃而不冷峻，温和而不柔弱。朱先生终其一生，对人处己，观物论事，一直保持了并发扬了这种生活态度，也就确立了这样的文学风格。在这一时期，他发展了对于人生的批评，也就发展了对于文学的批评。

八年的抗战，对于文化工作者的最显著的影响是"人"的改造，也就是生活的改造和意识的改造。严肃而认真的朱先生当然也接受了这影响。抗战结束了，不料反动派又打起了内战，广大的人民是坚决反对内战要求民主的，反动派为了镇压人民，于是有"一二·一"惨案，有闻一多先生的被杀，以及接连不断的各地青年的被迫害。这一切，较之抗战本身所给予朱先生的，实在更深，更有力。朱先生多年不写诗了，因为闻先生的被害，他写了有名的悼诗，他说：

　　你是一团火，
　　照彻了深渊；
　　指示着青年，
　　失望中抓住自我。

　　你是一团火，
　　照明了古代；
　　歌舞和竞赛，
　　有力猛如虎。

　　你是一团火，
　　照见了魔鬼；
　　烧毁了自己！
　　遗烬里爆出个新中国！

　　这也可以看出朱先生自己是怎样地为烈火所燃烧了。复员以来，他的主要工作是编辑《闻一多全集》，并于一年之内出版了《新诗杂话》《语文零拾》《诗言志辨》《标准与尺度》和《论雅俗共赏》（其中有些是从前写的或编定的），并编定了《语文影》。从这些著作，我们可以看出朱先生的批评态度。

　　综合朱先生的批评工作，大致可以分作两方面，就是：他一方面在作历史的考察，一方面在作现实的评价，而这两方面又是互相贯通、互相结合着的。

属于历史考察的最好的例子，是《诗言志辨》，这是朱先生历时最久、工力最深的一部书，从这本书可以看出他如何勤于搜讨，详于辨析，以期发掘出历史的真相。所以他在自序中，说：

> 现在我们固然愿意有些人去试写中国文学批评史，但更愿意有许多人分头来搜集材料，寻出那个批评的意念如何发生，如何演变——寻出它们的史迹。这个得认真地仔细考辨，一个字不放松，像汉学家考辨经史子书。

并说：

> 这是从小处下手。希望努力的结果可以阐明批评的价值，化除一般人的成见，并坚定它那新获得的地位。

朱先生说这是"从小处下手"，但这从小处下手也正是一种基础工作。假如能掌握这些史迹，进一步再运用科学的观点和方法加以分析，那就不但可以"寻出那个批评的意念如何发生，如何演变"，而且可以考察它的社会根源，说明它为什么发生，为什么演变。

在现实的评价一方面，最鲜明的例子是《文学的标准和尺度》等篇。在《文学的标准和尺度》中，于详切地作了历史的考察之后，就说到了当时的问题，他说：

> 抗战起来了，"抗战"立即成了一切的标准，文学自然也在其中。胜利却带来了一个动乱时代，民主运动

发展，"民主"成了广大应用的尺度，文学也在其中。这时候知识阶级渐渐走近了群众，"人道主义"那个尺度变质成为"社会主义"的尺度，"自然"又调剂着"欧化"，这样与"民主"配合起来。但是实际上做到的还只是暴露丑恶和斗争丑恶。这是向着新社会发脚的路。受教育的越来越多……文学终于要配合上那新的"民主"的尺度向前迈进的。

而在《古文学的欣赏》中又说：

> 人情或人性不相远，而历史是连续的，这才说得上接受古文学。但是这是现代，我们有我们的立场。得弄清楚自己的立场，再弄清楚古文学的立场，所谓"知己知彼"，然后才能分别出哪些是该扬弃的，哪些是该保留的。弄清楚立场就是清算，也就是批判；"批判的接受"就是一面接受着，一面批判着。自己有立场，却并不妨碍了解或认识古文学，因为一面可以设身处地为古人着想，一面还是可以回到自己立场上批判的。

从这一类的论述中，就比较可以看出他的积极的态度和进步的立场来了。也就凭了这样的态度和立场，他在《新诗杂话》的若干篇中肯定了诗的政治价值；在《语文零拾》中的《历史在战斗》中说杂文是春天的第一只燕子；在《标准与尺度》的《论标语口号》中肯定了标语口号之为战斗的武器；在《论雅俗共赏》的《论朗诵诗》中肯定了朗诵诗是群众的诗，是集体的诗；在为何达诗集作的序文《今天的诗》中，肯定了诗的控诉性与行动性。而当他衡量这些问题时，他的立场是明确的，这也就是他在《论雅俗共赏》的序文中所说的："所谓现代的立场，按我的了解，可以说就是'雅俗共赏'的立场，也可以说是偏重俗人或常人的立场，也可以说是近于人民的立场。"

在前一期，朱先生写了若干批评人生的散文，如"人生一角"等；在这一期，他又写了若干批评现实的散文，如《标准与尺度》中的《论气节》《论吃饭》等。在《论气节》中，他肯定了青年知识分子的新气节，在《论吃饭》中，他肯定了"要吃饭"是人民大众的基本权利，并且肯定了群众的力量。这类对于现实的批评，和他的文学批评是一致的，互相配合的；不但一致，不但互相配合，实际上乃是他文学批评的基础，因为决定一个人的文学道路的乃是他的现实生活的道路，而决定他的生活道路的，乃是时代的道路。

作为文学工作的一部分，在语文方面朱先生下过很大的工夫。语文是文学的主要工具，他对于文学的看法也就决定了他对于语文的看法。他用口语创作，看他的文字如同听他说话，活泼生动而又亲切。他勇于在语文方面作种种试验：《你我》一书中有《给"一个兵和他的老婆"的作者》，即拟李健吾原著的口语体，第一句是"我已经念完嘞《一个兵和他的老婆》的故事。我说健吾，真有你得！"《给亡妇》一篇试想用不欧化的口语。《谈白话》一篇是读《南北极》和《小彼得》的感想，他说，"两部书都尽量采用活的北平话，念起来虎虎有生气。"《语文零拾》中有译文若干篇都是论语文问题的。作为绝笔的未完稿是《论白话》。从这些，可以看出他不但努力研究，也在努力实践。与语文研究有密切关系的是国文教学。他在大学里开过国文教学一类的课程，他同叶圣陶先生合著了《国文教学》《精读指导举隅》书等，他编辑国文课本，计划大学里中文外文两系的合并，想使大学的中文系走一条崭新的道路。这一切，和他的文学工作相辅而行，都是他的文化工作的一部分，而无处不看出他与时偕行，力求进步，且力求实际有用的精神。

三

朱先生在文学工作和生活实践的道路上都走得非常稳当，非常踏实。和闻一多先生相比，假如说闻先生是狂者，那么朱先生就是狷者，然而狷者之中也有积极的与消极的之分，朱先生是积极的狷者，是并不止于"有所不为"而已的。特别是后一期的朱先生，从抗日民族解放战争末期起，他的思想就在不断地变化，不断地进步。虽然由于体弱多病，不能像青年人那样急风骤雨般地前进，而事实上他比青年人的道路也许走得更坚定，因为他的变化既非一步跨过，也非趑趄不前，而是虚心自省，一步一个脚印走上去的，这也正如他在早年的长诗《毁灭》中所说的：

从此我不再仰脸看青天，
不再低头看白水，
只谨慎着我双双的脚步，

我要一步步踏在泥土上，

打上深深的脚印！

他虽然没有参加过什么轰轰烈烈的行动，然而他对于这类正义的行动总是全力支持的，最少也是发生过作用的。他也没有什么激昂慷慨的言论，然而就在他那些老老实实的讲话与文字中，真理已一再地放了光。他一直在国民党反动派的黑暗统治之下过着贫病交迫的生活，然而还是一直坚持着工作，坚持着与恶势力的斗争，他曾经在很多反对黑暗统治的宣言上签过名，最后，自己虽然穷到不能及时治病，终至为病魔所吞没，然而还是毅然决然地拒绝了美援麦粉，发表了反对美帝扶日的宣言。这一切，又岂是一个消极的狷者所肯为，所能为！一九四九年八月十九日《人民日报》的《新华社社论》说，"我们应当写闻一多颂，写朱自清颂，他们表现了我们民族的英雄气概。"这光荣的称誉，朱先生是当之而无愧的。

一九五〇年十月十五日，北京。

朱自清先生传略

李广田

　　朱自清先生，字佩弦，一八九八年十一月二十二日生于江苏省东海县。因祖父、父亲都在扬州定居，所以朱先生自称"我是扬州人"。幼年的家庭教育，和一般士大夫人家的子弟一样，受的是传统的古典教育。

　　一九一六年，毕业于江苏省立第八中学。一九二零年，毕业于北京大学哲学系。以后在江苏浙江各中学教书，教学认真，极受欢迎。大学时代即开始创作新诗，中学教员时代，授课之馀，仍努力于新诗的创作。一九二三年发表长诗《毁灭》，在当时的诗坛上发生了很大的影响。一九二四年，出版诗集《踪迹》。一九二五年，任清华大学教授，创作转向散文，同时开始了古典文学的研究。一九二八年，出版第一本散文集《背影》，成了文坛上著名的散文作家。郁达夫在《新文学大系·现代散文》导论中曾说："朱自清虽则是一个诗人，可是他的散文仍能够贮满着那一种诗意，文学研究会的散文作家中，除冰心外，文章之美，要算他了。"他的散文不但"美"，更富有至情和风趣，而这一切又是和他的人格分不开的。他是"那么诚恳、谦虚、温厚、朴素，而并不缺乏风趣。对人对事对文章，他一切处理得那么公允、妥当，恰到好处。他文如其人，风华从朴素出来，幽默从忠厚出来，腴厚从平淡出来。"① 他以后的散文创作就一直发扬了这种本色。一九二九年十一月，夫人武钟谦女士病逝于扬州家中。一九三一年，留学英伦，并漫游欧陆。一九三二年七月返国，八月与陈竹隐女士结婚，仍回清华大学任教，并兼任中国文学系主任，授"诗""歌谣""中国新文学研究"等课。同时闻一多先生亦自青岛来清华任教，这是闻朱两先生同事论学的开始。

一九三四年九月，《欧游杂记》出版。一九三五年八月编选《新文学大系·诗集》，并写"导言"。"一二·九"学生运动之后，十二月十六日，北平学生反对"冀察政务委员会"的成立，举行大规模的游行示威。朱先生随清华学生的游行大队进城，对地方政府压迫爱国学生的残酷手段，表示愤懑。一九三六年三月，散文集《你我》出版。《你我》中包含了各种各样的文章：如表现至情的有名文《给亡妇》；而表现了朱先生为人及为文的另一特色，也就是表现了他的特殊风趣的，则有《看花》《谈抽烟》《择偶记》等；另一部分是序跋及读书录，如《论子夜》等，就开始表现了他的批评眼光和能力。一九三七年抗日战争爆发后，朱先生于九月南下，十月到长沙

---

① 杨振声：《朱自清先生与现代散文》。

临时大学（临大系由清华、北大、南开三校所组成），仍任中文系主任。十一月，自长沙至南岳（临大文学系在此），又恢复了研究工作。一九三八年随临大迁移，动身赴昆明，三月抵达。临大改为西南联合大学，朱先生授文学批评等课。七月七日，参加七七抗战二周年纪念会，并发表短文《这一天》，他说："东亚病夫居然奋起了，睡狮果然醒了。从前只是一大块沃土，一大盘散沙的死中国，现在是有血有肉的活中国了。"又说："我们不但有光荣的古代，而且有光荣的现代；不但有光荣的现代，而且有光荣的将来无穷的世代。新中国在血火中成长了。"

一九四〇年暑假，携眷赴成都休假。因受物价影响，生活日益困苦。一九四一年，抗战第五年，成都和一切国民党统治区一样，物价飞涨，贫民群起"吃大户"，朱先生目睹当时的情况，留下了极深刻的印象。十月，返昆明联大。一九四二年三月，与叶圣陶先生合著《精读指导举隅》出版。一九四三年四月，《伦敦杂记》出版。一九四五年四月，与叶圣陶先生合著《国文教学》出版。九月三日，日本无条件投降签字。十二月一日，国民党反动派惨杀反对内战要求民主的学生，造成"一二·一"惨案，朱先生至联大图书馆四烈士灵前致敬，一九四六年五月三日，参加五四文艺晚会，并演讲。同月，《经典常谈》出版。这是一本通俗化的学术论著，在各篇的讨论中都尽量采择了新说，使青年人有了解中国文化的便利。西南联大奉命结束，朱先生于六月返成都。七月十一日，李公朴先生在昆明被杀。十五日，闻一多先生又被杀。朱先生在十七日的日记中说："自李公朴被刺后，余即时时为一多之安全担心。但绝未想到发生如此之突然，与手段如此之卑鄙！此成何世界！"八月十六日，作挽一多先生诗一首，说闻先生是"一团火"，并将于"遗烬里爆出个新中国"。十八日，成都各界人士举行李闻惨案追悼大会，事先即传闻特务将捣乱会场，许多人都不敢参加，而朱先生却依然出席报告，不但博得多次掌声，而且使听众都纷纷落泪。十月，返北平，仍住清华大学旧居。十一月，整理闻一多先生遗著委员会组成，朱先生为召集人。

一九四七年二月二十三日，朱先生参加签名抗议当局任意逮捕人民的宣言。五月二日，参加北大文艺晚会，五日，参加清华文艺晚会，均有演讲。二十日，北平学生举行"反饥饿，反内战"游行示威，朱先生甚为担心。二十四日，签名呼吁和平的宣言，并亲访各院教授征求签名。七月二十六日，参加文艺座谈会，讨论诗歌的阶级性问题。八月，写《闻一多全集序》。《诗言志辨》出版。朱先生多年来致力于中国文学批评的研究，"关于这方面的材料，他搜集得很多，每一个历史的意义和用词，都加以详细的分析，研究它的演变和确切的涵义。《诗言志辨》只是写成的关于这些材料的极小的部分，但已经廓清了多少错误的观念。这书收着《诗言志》《诗比兴》《诗教》和《诗正变》四篇论文，都是多少年来研究的结晶"。[①]从这本书，可以看出朱先生治学的谨严态度。十月，中国文学

---

① 王瑶：《朱自清先生的学术研究工作》。

系举行迎新大会，朱先生和同学一起学扭秧歌。十一月四日，清华学生为抗议浙大于子三事件开始罢课，朱先生整日为之不安。十二月，《新诗杂话》出版。书中第一篇《新诗的进步》，他指出"从新诗运动开始，就有社会主义倾向的诗"，他很喜欢这本书，盼望了三年，幸而原稿未被书店丢掉，终于出版了，他收到新书之后，一天之内翻了足有十来遍。① 一九四八年三月，胃病复发，呕吐甚烈。四月，《标准与尺度》《语文零拾》两书出版，并开始为开明书店编国文教本。十二日，清华教授为"反饥饿、反迫害"罢课一天，朱先生为宣言起草人之一。五月四日，参加北大五四新文化晚会。《论雅俗共赏》出版。自从复员以来，他写作甚勤，一连出版了好几种书。他在《标准与尺度》的序文中说："复员以后，事情忙了，心情也变了，我得多写些，写得快些，随便些，容易懂些。……经过这一年的训练，我的笔也许放开了些。"这证明他工作积极，他要多用文字为人民服务，多为新时代用一些催生的工夫；而由于内战所造成的生活的贫困，他不得不多一写些文章来换取稿费，也是事实。自抗战末期起，他的思想即开始转变，到了闻一多先生被杀之后，他逐渐克服了超阶级的观点，获得了人民意识，他这一期所写的文章就更有了现实意义和斗争精神，为人民，为民主，也就成了他这几本新书里的重要内容。六月十八日，朱先生签名抗议美帝扶日并拒领美援面

---

① 据一九四九年一月二十三日朱先生自己在新收到的《新诗杂话》目录后空页上的题记。

粉的宣言。他说："我们既反对美帝扶日，自应直接从己身做起，此虽只为精神上之抗议，但决不应逃避个人责任。"七月，胃病益剧。七月九日，签名抗议北平当局"七五"枪杀东北学生事件。十五日上午，召开整理闻一多先生遗著委员会的最后一次会，报告工作及出版经过，下午参加教授会，审查毕业生名单，晚间参加闻先生遇难二周年纪念会，并作报告。二十三日，北平《中建半月刊》在清华举行座谈会，讨论知识分子的任务，朱先生面色苍白，扶杖参加，他在发言中指出有两种知识分子：一种向上爬，为统治者帮凶帮闲，一种向下去，为人民服务。并说，知识分子的改造是困难的，但是必要的，只要慢慢地来。三十日，开始写《论白话》一文（终未完成）。六日，胃部剧痛，入北大医院开刀。十日，转为肾脏炎，犹谆谆嘱托家人，说他已签名拒绝美援，不要买政府的配售美粉。十二日，病势益危，十一时四十分逝世，享年五十一岁。有著作二十余种，约二百万言，全集即将由开明书店出版。①

一九五〇年十一月二日，北京。

---

① 本文材料，大都根据季镇淮为"全集"所作的"年谱"。

目 次

第一辑

(一九一九~一九二二)

光　明

风雨沉沉的夜里；
前面一片荒郊。
走尽荒郊，
便是人们底道。

呀！黑暗里歧路万千，
叫我怎样走好？
"上帝！快给我些光明罢，
让我好向前跑！"

上帝慌着说，"光明？
我没处给你找！
你要光明，
你自己去造！"

一九一九，一一，二二。

送韩伯画往俄国

天光还早，
火一般红云露出了树梢，
不住地燃烧，不住地流动；
黑漆漆的大路
照得闪闪烁烁的，有些分明了。

立着一个绘画的学徒，
通身凝滞了的血都沸了；
他手舞足蹈地唱起来了：

"红云呵！
鲜明美丽的云呵！
你给了我一个新生命！
你是宇宙神经的一节；
你是火的绘画——
谁画的呢？
我愿意放下我所曾有的，

跟着你走；
提着真心跟着你！"
他果然赤裸裸地从大路上向红云跑去了！

祝福你绘画的学徒！
你将在红云里
偷着宇宙的密意，
放在你的画里；
可知我们都等着哩！

一二，二八。

匆　匆

燕子去了，有再来的时候；杨柳枯了，有再青的时候；桃花谢了，有再开的时候。但是，聪明的，你告诉我，我们的日子为什么一去不复返呢？——是有人偷了他们罢，那是谁？又藏在何处呢？是他们自己逃走了罢，现在又到了哪里呢？

我不知道他们给了我多少日子；但我的手确乎是渐渐空虚了。在默默里算着，八千多日子已经从我手中溜去；像针尖上一滴水滴在大海里，我的日子滴在时间的流里，没有声音，也没有影子。我不禁头涔涔而泪潸潸了。

去的尽管去了，来的尽管来着；去来的中间，又怎样地匆匆呢？早上我起来的时候，小屋里射进两三方斜斜的太阳。太阳他有脚啊，轻轻悄悄地挪移了；我也茫茫然跟着旋转。于洗手的时候，日子从水盆里过去；吃饭的时候，日子从饭碗里过去；默默时，便从凝然的双眼前过去。我觉察他去的匆匆了，伸出手遮挽时，他又从遮挽着的手边过去，天黑时，我躺在床上，他便伶伶俐俐地从我身上跨过，从我脚边飞去了。等我睁开眼和太阳再见，这算又溜走了一日。我掩着面叹息。但是新来的日子的影儿又开始在叹息里闪过了。

　　在逃去如飞的日子里，在千门万户的世界里的我能做些什么呢？只有徘徊罢了，只有匆匆罢了；在八千多日的匆匆里，除徘徊外，又剩些什么呢？过去的日子如轻烟，被微风吹散了，如薄雾，被初阳蒸融了；我留着些什么痕迹呢？我何曾留着像游丝样的痕迹呢？我赤裸裸来到这世界，转眼间也将赤裸裸的回去罢？但不能平的，为什么偏要白白走这一遭啊？

　　你聪明的，告诉我，我们的日子为什么一去不复返呢？

一九二二，三，二八

小舱中的现代

"洋糖百合稀饭。
三个铜板一碗，
哪个吃的?"
"竹耳扒①，破费你老人②家一个板；
只当空手要的!"
"吃面吧，哪个吃饺面吧?"
"潮糕③要吧? 开船早哩!"
"行好的大先生，你可怜可怜我们娘儿俩哟——
肚子饿了好两天啰!"
"梨子，一角钱五个，不甜不要钱!"
"到扬州住哪一家?
照顾我们吧;
有小房间，二角八分一天!"

---

① 耳挖。
② 读轻音。
③ 食品名。

"看份报消消遣?"
"花生，高粱酒吧?"
"铜锁要吧? 带一把家去送送人!"
"郭郭郭郭"，一叠春画儿闪过我的眼前；
卖者眼里的声音，"要吧!"
"快开头①了，贱卖啦，
梨子，一角钱八个，哪个要哩?"

拥拥挤挤堆堆叠叠间，
只剩了尺来宽的道儿；
在溷浊而紧张的空气里，
一个个畸异的人形
憧憧地赶过了——
梯子上下来，
梯子上上去。
上去，上去!
下来，下来!
灰与汗涂着张张黄面孔，
炯炯的有饥饿的眼光，
笑的两颊，
叫的口，
检点的手，

---

① 开船之意。

更都有着异样的展开的曲线，
显出努力的痕迹；
就像饿了的野兽们本能地想攫着些鲜血和肉
一般，
他们也被什么驱迫着似的，
想攫着些黯淡的铜板，白亮的角子！

在他们眼里，
舱里拥挤着的堆叠着的，
正是些铜元和角子！——
只饰着人形罢了，
只饰着人形罢了。
可是他们试试攫取的时候，
人形们也居然反抗了；
于是开始了那一番战斗！
小舱变了战场，
他们变了战士，
我们是被看做了敌人！
从他们的叫嚣里，
我听出杀杀的喊呼；
从他们的顾盼里，
我觉出索索的颤抖；
从他们的招徕里，
我看出他们受伤似地挣扎；

而掠夺的贪婪，
对待的残酷，
隐约在他们间，
也正和在沙场上兵们间一样！
这也是大战了哩。

我，参战的一员，
从小舱的一切里，
这样，这样，
悄然认识了那窒息着似的现代了。

　　七，二一，镇江扬州小轮中所感。三〇作于扬州。

毁 灭

六月间在杭州。因湖上三夜的畅游，教我觉得飘飘然如轻烟，如浮云，丝毫立不定脚跟。当时颇以诱惑的纠缠为苦，而亟亟求毁灭。情思既涌，心想留些痕迹。但人事忙忙，总难下笔。暑假回家，却写了一节；但时日迁移，兴致已不及从前好了。九月间到此续写成初稿；相隔更久，意态又差。直到今日，才算写定，自然是没劲儿的！所幸心境还不曾大变，当日情怀，还能竭力追摹，不至很有出入；姑存此稿，以备自己的印证。

一九二二年十二月九日晚记。

踯躅在半路里，
垂头丧气的，
是我，是我！
五光吧，
十色吧，
罗列在咫尺之间，
这好看的呀！

那好听的呀！
闻着的是浓浓的香，
尝着的是腻腻的味；
况手所触的，
身所依的，
都是滑泽的，
都是松软的！
靡靡然！
怎奈何这靡靡然？——
被推着，
被挽着，
长只在俯俯仰仰间，
何曾做得一分半分儿主？
在了梦里，
在了病里；
只差清醒白醒的时候！
白云中有我，
天风的飘飘，
深渊里有我，
伏流的滔滔；
只在青青的，青青的土泥上，
不曾印着浅浅的，隐隐约约的，我的足迹！
我流离转徙，
我流离转徙；

脚尖儿踏呀，
却踏不上自己的国土！
在风尘里老了，
在风尘里衰了，
仅存的一个懒恹恹的身子，
几堆黑簇簇的影子，
幻灭的开场，
我尽思尽想：
"亲亲的，虽渺渺的，
我的故乡——我的故乡！
回去！回去！"

虽有茫茫的淡月。
笼着静悄悄的湖面，
雾露蒙蒙的，
雾露蒙蒙的；
仿仿佛佛的群山，
正安排着睡了。
萤火虫在雾里找不着路，
只一闪一闪地乱飞。
谁却放荷花灯哩？
"哈哈哈哈——"
"吓吓吓——"
夹着一缕低低的箫声，

近处的青蛙也便响起来了。
是被摇荡着，
是被牵惹着，
说已睡在"月姊姊的臂膊"里了，
真的，谁能不飘飘然而去呢？
但月儿其实是寂寂的，
萤火虫也不曾和我亲近，
欢笑更显然是他们的了。
只有箫声，
曾引起几番的惆怅；
但也是全不相干的，
箫声只是箫声罢了。
摇荡是你的，
牵惹是你的，
他们各走各的道儿，
谁理睬你来？
横竖做不成朋友，
缠缠绵绵有些什么！
孤另另的，
冷清清的，
没味儿，没味儿！
还是掉转头，
走你自家的路。
回去！回去！

虽有雪样的衣裙，
现已翩翩地散了，
仿佛清明日子烧剩的白的纸钱灰。
那活活像小河般流着的双眼，
含蓄过多少意思，蕴藏过多少语句的，
也干涸了，
干到像烈日下的沙漠。
漆黑的发，
成了蓬蓬的秋草；
吹弹得破的面孔，
也只剩一张褐色的蜡型。
况花一般的笑是不见一痕儿，
珠子一般的歌喉是不透一丝儿！
眼前是光光的了，
总只有光光的了。
撇开吧。
还撇些什么！
回去！回去！

虽有如云的朋友，
互相夸耀着，
互相安慰着，
高谈大笑里
送了多少的时日；

而饮啖的豪迈，
游踪的密切，
岂不像繁茂的花枝，
赤热的火焰哩！
这样被说在许多口里，
被知在许多心里的，
谁还能相忘呢？
但一丢开手，
事情便不同了：
翻来是云，
覆去是雨，
别过脸，
掉转身，
认不得当年的你！——
原只是一时遣着兴罢了，
谁当真将你放在心头呢？
于是剩了些淡淡的名字——
莽莽苍苍里，
便留下你独个，
四围都是空气罢了，
四围都是空气罢了！
还是摸索着回去吧；
那里倒许有自己的弟兄姐妹
切切地盼望着你。

回去！回去！

虽有巧妙的玄言，
像天花的纷坠；
在我双眼的前头，
展示渺渺如轻纱的憧憬——
引着我飘呀，飘呀，
直到三十三天之上。
我拥在五色云里，
灰色的世间在我的脚下——
小了，更小了，
远了，几乎想也想不到了。
但是下界的罡风
总归呼呼地倒旋着，
吹入我丝丝的肌里！
摇摇荡荡的我
倘是跌下去呵，
将像泄着气的轻气球，
被人践踏着玩儿，
只馀嗤嗤的声响！
况倒卷的罡风，
也将像三尖两刃刀，
劈分我的肌里呢？——
我将被肢解在五色云里；

甚至化一阵烟，
袅袅地散了。
我战栗着，
"念天地之悠悠"……
回去！回去！

虽有饿着的肚子，
拘挛着的手，
乱蓬蓬秋草般长着的头发，
凹进的双眼
和软软的脚，
尤其灵弱的心；
都引着我下去，
直向底里去，
教我抽烟，
教我喝酒，
教我看女人。
但我在迷迷恋恋里，
虽然混过了多少时刻，
只不让步的是我的现在，
他不容你不理他！
况我也终于不能支持那迷恋人的，
只觉肢体的衰颓，
心神的飘忽，

便在迷恋的中间，
也潜滋暗长着哩！
真不成人样的我
就这般轻轻地速朽了么？
不！不！
趁你未成残废的时候，
还可用你仅有的力量！
回去！回去！

虽有死仿佛像白衣的小姑娘，
提着灯笼在前面等我，
又仿佛像黑衣的力士，
擎着铁槌在后面逼我——
在我烦忧着就将降临的败家的凶惨，
和一年来骨肉间的仇视，
（互以血眼相看着）的时候；
在我为两肩上的人生的担子
压到不能喘气，
又眼见我的收获
渺渺如远处的云烟的时候；
在我对着黑绒绒又白漠漠的将来，
不知取怎样的道路，
却尽徘徊于迷悟之纠纷的时候；
那时候她和他便隐隐显现了，

像有些什么，
又像没有！
凭这样的不可捉摸的神气，
真尽够教我向往了。
去，去，
去到她的，他的怀里吧。
好了，她望我招手了，
他也望我点头了。……
但是，但是，
她和他正都是生客，
教我有些放心不下。
他们的手飘浮在空气里，
也太渺茫了，
太难把握了，
教我怎好和他们相接呢？
况死之国又是异乡，
知道它什么土宜哟！
只有在生之原上，
我是熟悉的；
我的故乡在记忆里的，
虽然有些模糊了，
但它的轮廓我还是透熟的，——
哎呀！故乡它不正张着两臂迎我吗？
瓜果是熟的有味，

地方和朋友也是熟的有味；
小姑娘呀，
黑衣的力士呀，
我宁愿回我的故乡，
我宁愿回我的故乡；
回去！回去！

归来的我挣扎挣扎，
拨烟尘而见自己的国土！
什么影像都泯没了，
什么光芒都收敛了；
摆脱掉纠缠，
还原了一个平平常常的我！
从此我不再仰眼看青天，
不再低头看白水，
只谨慎着我双双的脚步；
我要一步步踏在泥土上，
打上深深的脚印！
虽然这些印迹是极微细的，
且必将磨灭的，
虽然这迟迟的行步
不称那迢迢无尽的程途，
但现在平常而渺小的我，
只看到一个个分明的脚步，

便有十分的欣悦——
那些远远远远的
是再不能，也不想理会的了。
别耽搁吧，
走！走！走！

赠 A. S.

你的手像火把，
你的眼像波涛，
你的言语如石头，
怎能使我忘记呢？

你飞渡洞庭湖，
你飞渡扬子江；
你要建红色的天国在地上！
地上是荆棘呀，
地上是狐兔呀，
地上是行尸呀；
你将为一把快刀，
披荆斩棘的快刀！
你将为一声狮子吼，
狐兔们披靡奔走！
你将为春雷一震，
让行尸们惊醒，

我爱看你的骑马，
在尘土里驰骋——
一会儿，不见踪影！
我爱看你的手杖，
那铁的铁的手杖；
它有颜色，有斤两，有铮铮的声响！
我想你是一阵飞沙走石的狂风，
要吹倒那不能摇撼的黄金的王宫！
那黄金的王宫！
呜——吹呀！

去年一个夏天大早我见着你：
你何其憔悴呢？
你的眼还涩着，
你的发太长了！
但你的血的热加倍的熏灼着！
在灰泥里辗转的我，
仿佛被焙炙着一般！——
你如郁烈的雪茄烟，
你如酽酽的白兰地，
你如通红通红的辣椒，
我怎能忘记你呢？

四，一五，宁波作。
（以上选自《踪迹》）

人 间

那蓝褂儿，草鞋儿，
赤了腿，敞着胸的朋友
挑副空的箩担来了。
他远远地见着——
见了歧路中彷徨的我；
他亲亲热热地招呼，
"你到哪里？"
我意外地听他，
迫切地答他时，
他殷勤地指点我；
他有黑而干燥的面庞，
灰色凝滞的眼光，
和那天然的粗涩的声调。
从这些里，
我接触着他纯白的真心。
但是，我们并不曾相识。

她穿的紫袄儿，

系的黑裙儿，

走在她母亲后面。

她伶俐的身材，

停匀的脚步，

和那白色的脸儿，

端庄，沉静，又和蔼的，

妙庄严的脸儿：

在我车子过时，

一闪地都收入我眼底。

那时她用融融的眼波

随意地看我；

我回过头时，

她还在看我：——

真的，她再三看我。

从她双眼里，

我接触她烂漫的真心。

但是，我们并不曾相识。

一九二一，五，杭州。

（选自《雪朝》）

第二辑

(一九二三~一九三五)

桨声灯影里的秦淮河

一九二三年八月的一晚，我和平伯同游秦淮河；平伯是初泛，我是重来了。我们雇了一只"七板子"，在夕阳已去，皎月方来的时候，便下了船。于是桨声汩——汩，我们开始领略那晃荡着蔷薇色的历史的秦淮河的滋味了。

秦淮河里的船，比北京万生园、颐和园的船好，比西湖的船好，比扬州瘦西湖的船也好。这几处的船不是觉着笨，就是觉着简陋、局促；都不能引起乘客们的情韵，如秦淮河的船一样。秦淮河的船约略可分为两种：一是大船；一是小船，就是所谓"七板子"。大船舱口阔大，可容二三十人。里面陈设着字画和光洁的红木家具，桌上一律嵌着冰凉的大理石面。窗格雕镂颇细，使人起柔腻之感。窗格里映着红色蓝色的玻璃；玻璃上有精致的花纹，也颇悦人目。"七板子"规模虽不及大船，但那淡蓝色的栏杆，空敞的舱，也足系人情思。而最出色处却在它的舱前。舱前是甲板上的一部，上面有弧形的顶，两边用疏疏的栏杆支着。里面通常放着两张藤的躺椅。躺下，可以谈天，可以望远，可以顾盼两岸的河房。大船上也有这个，但在小船上更觉清隽罢了。舱前的顶下，一律悬着灯彩；灯的多少，明暗，彩苏的精粗，艳晦，是不一的，但好歹总还你一个灯彩。这灯彩实住是最能钩人的东西。夜幕垂垂地下来时，大小船上都点起灯火。从两重玻璃里映出那辐射着的黄黄的散光，反晕出一片朦胧的烟霭；透过这烟霭，在黯黯的水波里，又逗起缕缕的明漪。在这薄霭和微漪里，听着那悠然的间歇的桨声，谁能不被引入他的美梦去呢？只愁梦太多了，这些大小船儿如何载得起呀？我们这时模模糊糊的谈着明末的秦淮河的艳迹，如《桃花扇》及《板桥杂记》里所载的。我们真神往了。我们仿佛亲见那时华灯映水，画舫凌波的光景了。于是我们的船便成了历史的重载了。我们终于恍然秦淮河的船所以雅丽过于他处，而又有奇异的吸引力的，实在是许多历史的影像使然了。

　　秦淮河的水是碧阴阴的；看起来厚而不腻，或者是六朝金粉所凝么？我们初上船的时候，天色还未断黑，那漾漾的柔波是这样的恬静，委婉，使我俩一面有水阔天空之想，一面又憧憬着纸醉金迷之境了。等到灯火明时，阴阴的变为沉沉了：黯淡的水光，像梦一般；那偶然闪烁着的光芒，就是梦的眼睛了。我们坐在舱前，因了那隆起的顶棚，仿佛总是昂着首向前走着似的；于是飘飘然如御风而行的我们，看着那些自在的湾泊着的船，船里走马灯般的人物，便像是下界一般，迢迢的远了，又像在雾里看花，尽朦朦胧胧的。这时我们已过了利涉桥，望见东关头了。沿路听见断续的歌声：有从沿河的妓楼飘来的，有从河上船里度来的。我们明知那些歌声，只是些因袭的言词，从生涩的歌喉里机械地发出来的；但它们经了夏夜的微风的吹漾和水波的摇拂，袅娜着到我们耳边的时候，已经不单是她们的歌声，而混着微风和河水的密语了。于是我们不得不被牵惹着，震撼着，相与浮沉于这歌声里。从东关头转湾，不久就到大中桥。大中桥共有三个桥拱，都很阔大，俨然是三座门儿；使我们觉得我们的船和船里的我们，在桥下过去时，真是太无颜色了。桥砖是深褐色，表明它的历史的长久；但都完好无缺，令人太息于古昔工程的坚美。桥上两旁都是木壁的房子，中间应该有街路？这些房子都破旧了，多年烟熏的迹，遮没了当年的美丽。我想象秦淮河的极盛时，在这样宏阔的桥上，特地盖了房子，必然是髹漆得富富丽丽的；晚间必然是灯火通明的。现在却只剩下一片黑沉沉！但是桥上造着房子，毕竟使我们多少可以想见往日的繁华；这也慰情聊胜无了。过了大中桥，便到了灯月交辉，笙歌彻夜的秦淮河；这才是秦淮河的真面目哩。

大中桥外，顿然空阔，和桥内两岸排着密密的人家的景象大异了。一眼望去，疏疏的林，淡淡的月，衬着蔚蓝的天，颇像荒江野渡光景；那边呢，郁丛丛的，阴森森的，又似乎藏着无边的黑暗：令人几乎不信那是繁华的秦淮河了。但是河中眩晕着的灯光，纵横着的画舫，悠扬着的笛音，夹着那吱吱的胡琴声，终于使我们认识绿如茵陈酒的秦淮水了。此地天裸露着的多些，故觉夜来得独迟些；从清清的水影里，我们感到的只是薄薄的夜——这正是秦淮河的夜。大中桥外，本来还有一座复成桥，是船夫口中的我们的游踪尽处，或也是秦淮河繁华的尽处了。我的脚曾踏过复成桥的脊，在十三四岁的时候。但是两次游秦淮河，却都不曾见着复成桥的面；明知总在前途的，却常觉得有些虚无缥缈似的。我想，不见倒也好。这时正是盛夏。我们下船后，借着新生的晚凉和河上的微风，暑气已渐渐销散；到了此地，豁然开朗，身子顿然轻了——习习的清风荏苒在面上，手上，衣上，这便又感到了一缕新凉了。南京的日光，大概没有杭州猛烈；西湖的夏夜老是热蓬蓬的，水像沸着一般，秦淮河的水却尽是这样冷冷地绿着。任你人影的憧憧，歌声的扰扰，总像隔着一层薄薄的绿纱面幕似的；它尽是这样静静的、冷冷的绿着。我们出了大中桥，走不上半里路，船夫便将船摇到一旁，停了桨由它宕着。他以为那里正是繁华的极点，再过去就是荒凉了；所以让我们多多赏鉴一会儿。他自己却静静地蹲着。他是看惯这光景的了，大约只是一个无可无不可。这无可无不可，无论是升的沉的，总之，都比我们高了。

那时河里闹热极了；船大半泊着，小半在水上穿梭似的来往。停泊着的都在近市的那一边，我们的船自然也夹在其中。因为这边略略的挤，便觉得那边十分的疏了。在每一只船从那边过去时，我们能画出它的轻轻的影和曲曲的波，在我们的心上；这显着是空，且显着是静了。那时处处都是歌声和凄厉的胡琴声，圆润的喉咙，确乎是很少的。但那生涩的，尖脆的调子能使人有少年的，粗率不拘的感觉，也正可快我们的意。况且多少隔开些儿听着，因为想象与渴慕的做美，总觉更有滋味；而竞发的喧嚣，抑扬的不齐，远近的杂沓，和乐器的嘈嘈切切，合成另一意味的谐音，也使我们无所适从，如随着大风而走。这实在因为我们的心枯涩久了，变为脆弱；故偶然润泽一下，便疯狂似的不能自主了。但秦淮河确也腻人。即如船里的人面，无论是和我们一堆儿泊着的，无论是从我们眼前过去的，总是模模糊糊的，甚至渺渺茫茫的；任你张圆了眼睛，揩净了眦垢，也是枉然。这真够人想呢。在我们停泊的地方，灯光原是纷然的；不过这些灯光都是黄而有晕的。黄已经不能明了，再加上了晕，便更不成了。灯愈多，晕就愈甚；在繁星般的黄的交错里，秦淮河仿佛笼上了一团光雾。光芒与雾气腾腾的晕着，什么都只剩了轮廓了；所以人面的详细的曲线，便消失于我们的眼底了。但灯光究竟夺不了那边的月色；灯光是浑的，月色是清的。在浑沌的灯光里，渗入一派清辉，却真是奇迹！那晚月儿已瘦削了两三分。她晚妆才罢，盈盈地上了柳梢头。天是蓝得可爱，仿佛一汪水似的；月儿便更出落得精神了。岸上原有三株两株的垂杨树，淡淡的影子，在水里摇曳着。它们那柔细的枝条浴着月光，就像一支支美人的臂膊，交互地缠着，挽着；又像是月儿披着的发。而月儿偶然也从它们的交叉处偷偷窥看我们，大有小姑娘怕羞的样子。岸上另有几株不知名的老树，光光的立着；在月光里照起来，却又俨然是精神矍铄的老人。远处——快到天际线了，才有一两片白云，亮得现出异彩，像美丽的贝壳一般。白云下便是黑黑的一带轮廓；是一条随意画的不规则的曲线。这一段光景，和河中的风味大异了。但灯与月竟能并存着，交融着，使月成了缠绵的月，灯射着渺渺的灵辉；这正是天之所以厚秦淮河，也正是天之所以厚我们了。

这时却遇着了难解的纠纷。秦淮河上原有一种歌妓，是以歌为业的。从前都在茶舫上，唱些大曲之类。每日午后一时起；什么时候止，却忘记了。晚上照样也有一回，也在黄晕的灯光里。我从前过南京时，曾随着朋友去听过两次。因为茶舫里的人脸太多了，觉得不大适意，终于听不出所以然。前年听说歌妓被取缔了，不知怎的，颇涉想了几次——却想不出什么。这次到南京，先到茶舫上去看看，觉得颇是寂寥，令我无端的怅怅了，不料她们却仍在秦淮河里挣扎着，不料她们竟会纠缠到我们，我于是很张皇了。她们也乘着"七板子"，她们总是坐在舱前的。舱前点着石油汽灯，光亮眩人眼目：坐在下面的，自然是纤毫毕见了——引诱客人们的力量，也便在此了。舱里躲着乐工等人，映着汽灯的馀辉蠕动着；他们是永远不被注意的。每船的歌妓大约都是二人；天色一黑，她们的船就在大中桥外往来不息的兜生意。无论行着的船，泊着的船，都是要来兜揽的。这都是我后来推想出来的。那晚不知怎样，忽然轮着我们的船了。我们的船好好的停着，一只歌舫划向我们来了；渐渐和我们的船并着了。烁烁的灯光逼得我们皱起了眉头；我们的风尘色全给它托出来了，这使我踧踖不安了。那时一个伙计跨过船来，拿着摊开的歌折，就近塞向我的手里，说，"点几出吧！"他跨过来的时候，我们船上似乎有许多眼光跟着。同时相近的别的船上也似乎有许多眼睛炯炯地向我们船上看着。我真窘了！我也装出大方的样子，向歌妓们瞥了一眼，但究竟是不成的，我勉强将那歌折翻了一翻，却不曾看清了几个字；便赶紧递还那伙计，一面不好意思地说，"不要。我们……不要。"他便塞给平伯。平伯掉转头去，摇手说，

"不要!"那人还腻着不走。平伯又回过脸来,摇着头道,"不要!"于是那人重到我处。我窘着再拒绝了他。他这才有所不屑似的走了。我的心立刻放下,如释了重负一般。我们就开始自白了。

我说我受了道德律的压迫,拒绝了她们;心里似乎很抱歉的。这所谓抱歉,一面对于她们,一面对于我自己。她们于我们虽然没有很奢的希望;但总有些希望的。我们拒绝了她们,无论理由如何充足,却使她们的希望受了伤;这总有几分不做美了。这是我觉得很怅怅的。至于我自己,更有一种不足之感。我这时被四面的歌声诱惑了,降服了;但是远远的,远远的歌声总仿佛隔着重衣搔痒似的,越搔越搔不着痒处。我于是憧憬着贴耳的妙音了。在歌舫划来时,我的憧憬,变为盼望;我固执地盼望着,有如饥渴。虽然从浅薄的经验里,也能够推知,那贴耳的歌声,将剥去了一切的美妙;但一个平常的人像我的,谁愿凭了理性之力去丑化未来呢?我宁愿自己骗着了。不过我的社会感性是很敏锐的;我的思力能拆穿道德律的西洋镜,而我的感情却终于被它压服着。我于是有所顾忌了,尤其是在众目昭彰的时候。道德律的力,本来是民众赋予的:在民众的面前,自然更显出它的威严了。我这时一面盼望,一面却感到了两重的禁制:一,在通俗的意义上,接近妓者总算一种不正当的行为;二,妓是一种不健全的职业,我们对于她们,应有哀矜勿喜之心,不应赏玩地去听她们的歌。在众目睽睽之下,这两种思想在我心里最为旺盛。她们暂时压倒了我的听歌的盼望,这便成就了我的灰色的拒绝。那时的心实在异常状态中，觉得颇是昏乱。歌舫去了，暂时宁静之后，我的思绪又如潮涌了。两个相反的意思在我心头往复：卖歌和卖淫不同，听歌和狎妓不同，又干道德甚事？——但是，但是，她们既被逼的以歌为业，她们的歌必无艺术味的；况她们的身世，我们究竟该同情的。所以拒绝倒也是正办。但这些意思终于不曾撇开我的听歌的盼望。它力量异常坚强；它总想将别的思绪踏在脚下。从这重重的争斗里，我感到了浓厚的不足之感。这不足之感使我的心盘旋不安，起坐都不安宁了。唉！我承认我是一个自私的人！平伯呢，却与我不同。他引周启明先生的诗，"因为我有妻子，所以我爱一切的女人；因为我有子女，所以我爱一切的孩子。"① 他的意思可以见了。他因为推及的同情，爱着那些歌妓，并且尊重着她们，所以拒绝了她们。在这种情形下，他自然以为听歌是对于她们的一种侮辱。但他也是想听歌的，虽然不和我一样。所以在他的心中，当然也有一番小小的争斗；争斗的结果，是同情胜了。至于道德律，在他是没有什么的；因为他很有蔑视一切的倾向，民众的力量在他是不大觉着的。这时他的心意的活动比较简单，又比较松弱，故事后还怡然自若；我却不能了。这里平伯又比我高了。

在我们谈话中间，又来了两只歌舫。伙计照前一样地请我们点戏，我们照前一样地拒绝了。我受了三次窘，心里的不安更甚了。清艳的夜景也为之减色。船夫大约因为要赶第二趟生

---

① 原诗是，"我为了自己的儿女才爱小孩子，为了自己的妻才爱女人"，见《雪朝》四八页。

意，催着我们回去；我们无可无不可的答应了。我们渐渐和那些晕黄的灯光远了，只有些月色冷清清地随着我们的归舟。我们的船竟没个伴儿，秦淮河的夜正长哩！到大中桥近处，才过着一只来船。这是一只载妓的板船，黑漆漆的没有一点光。船头上坐着一个妓女；暗里看出，白地小花的衫子，黑的下衣。她手里拉着胡琴，口里唱着青衫的调子。她唱得响亮而圆转；当她的船箭一般驶过去时，馀音还袅袅地在我们耳际，使我们倾听而向往。想不到在弩末的游踪里，还能领略到这样的清歌！这时船过大中桥了，森森的水影，如黑暗张着口，要将我们的船吞了下去。我们回顾那渺渺的黄光，不胜依恋之情；我们感到了寂寞了！这一段地方夜色甚浓，又有两头的灯火招邀着；桥外的灯火不用说了，过了桥另有东关头疏疏的灯火。我们忽然仰头看见依人的素月，不觉深悔归来之早了！走过东关头，有一两只大船湾泊着，又有几只船向我们来着。嚣嚣的一阵歌声人语，仿佛笑我们无伴的孤舟哩。东关头转湾，河上的夜色更浓了；临水的妓楼上，时时从帘缝里射出一线一线的灯光；仿佛黑暗从酣睡里眨了一眨眼。我们默然地对着，静听那汩——汩的桨声，几乎要入睡了；朦胧里却温寻着适才的繁华的馀味。我那不安的心在静里愈显活跃了。这时我们都有了不足之感，而我的更其浓厚。我们却又不愿回去，于是只能由懊悔而怅惘了。船里便满载着怅惘了。直到利涉桥下，微微嘈杂的人声，才使我豁然一惊；那光景却又不同。右岸的河房里，都大开了窗户，里面亮着晃晃的电灯，电灯的光射到水上，蜿蜒曲折，闪闪不息，正如跳舞着的仙女的臂膊。我们的船已在她的臂膊里了；如睡在摇篮里一样，倦了的我们便又入梦了。那电灯下的人物，只觉像蚂蚁一般，更不去萦念。这是最后的梦；可惜是最短的梦！黑暗重复落在我们面前，我们看见傍岸的空船上一星两星的，枯燥无力又摇摇不定的灯光。我们的梦醒了，我们知道就要上岸了；我们心里充满了幻灭的情思。

一九三二年十月十一日作完，于温州。

温州的踪迹

一、"月朦胧，鸟朦胧，帘卷海棠红"①

这是一张尺多宽的小小的横幅，马孟容君画的。上方的左角，斜着一卷绿色的帘子，稀疏而长；当纸的直处三分之一，横处三分之二。帘子中央，着一黄色的，茶壶嘴似的钩儿——就是所谓软金钩么？"钩弯"垂着双穗，石青色；丝缕微乱，若小曳于轻风中。纸右一圆月，淡淡的青光遍满纸上；月的纯净，柔软与平和，如一张睡美人的脸。从帘的上端向右斜伸而下，是一枝交缠的海棠花。花叶扶疏，上下错落着，共有五丛；或散或密，都玲珑有致。叶嫩绿色，仿佛掐得出水似的；在月光中掩映着，微微有浅深之别。花正盛开，红艳欲流；黄色的雄蕊历历的，闪闪的。衬托在丛绿之间，格外觉着娇娆了。枝欹斜而腾挪，如少女的一只臂膊。枝上歇着一对黑色的八哥，背着月光，向着帘里。一只歇得高些，小小的眼儿半睁

————
① 画题，系旧句。

半闭的，似乎在入梦之前，还有所留恋似的。那低些的一只别过脸来对着这一只，已缩着颈儿睡了。帘下是空空的，不着一些痕迹。

试想在圆月朦胧之夜，海棠是这样的妩媚而嫣润；枝头的好鸟为什么却双栖而各梦呢？在这夜深人静的当儿，那高踞着的一只八哥儿，又为何尽撑着眼皮儿不肯睡去呢？他到底等什么来着？舍不得那淡淡的月儿么？舍不得那疏疏的帘儿么？不，不，不，您得到帘下去找，您得向帘中去找——您该找着那卷帘人了？他的情知风怀，原是这样这样的哟！朦胧的岂独月呢；岂独鸟呢？但是，咫尺天涯，教我如何耐得？我拼着千呼万唤；你能够出来么？

这页画布局那样经济，设色那样柔活，故精彩足以动人。虽是区区尺幅，而情韵之厚，已足沦肌浃髓而有馀。我看了这画，瞿然而惊；留恋之怀，不能自已。故将所感受的印象细细写出，以志这段因缘。但我于中西的画都是门外汉，所说的话不免为内行所笑。——那也只好由他了。

二四，二，一，温州作。

二、绿

我第二次到仙岩①的时候，我惊诧于梅雨潭的绿了。

---

① 山名，瑞安的胜迹。

　　梅雨潭是一个瀑布潭。仙岩有三个瀑布，梅雨瀑最低。走到山边，便听见花花花花的声音；抬起头，镶在两条湿湿的黑边儿里的，一带白而发亮的水便呈现于眼前了，我们先到梅雨亭。梅雨亭正对着那条瀑布；坐在亭边，不必仰头，便可见它的全体了。亭下深深的便是梅雨潭。这个亭踞在突出的一角的岩石上，上下都空空儿的；仿佛一只苍鹰展着翼翅浮在天宇中一般。三面都是山，像半个环儿拥着；人如在井底了。这是一个秋季的薄阴的天气。微微的云在我们顶上流着；岩面与草丛都从润湿中透出几分油油的绿意。而瀑布也似乎分外的响了。那瀑布从上面冲下，仿佛已被扯成大小的几绺；不复是一幅整齐而平滑的布。岩上有许多棱角；瀑流经过时，作急剧地撞击，便飞花碎玉般乱溅着了。那溅着的水花，晶莹而多芒；远望去，像一朵朵小小的白梅，微雨似的纷纷落着。据说，这就是梅雨潭之所以得名了。但我觉得像杨花，格外确切些。轻风起来时，点点随风飘散，那更是杨花了。——这时偶然有几点送入我们温暖的怀里，便倏的钻了进去，再也寻它不着。

　　梅雨潭闪闪的绿色招引着我们；我们开始追捉她那离合的神光了。揪着草，攀着乱石，小心探身下去，又鞠躬过了一个石穹门，便到了汪汪一碧的潭边了。瀑布在襟袖之间；但我的心中已没有瀑布了。我的心随潭水的绿而摇荡。那醉人的绿呀，仿佛一张极大极大的荷叶铺着，满是奇异的绿呀。我想张开两臂抱住她；但这是怎样一个妄想呀。——站在水边，望到那面，居然觉着有些远呢！这平铺着，厚积着的绿，着实可爱。她松松地皱缬着，像少妇拖着的裙幅；她轻轻地摆弄着，像跳动的初恋的处女的心；她滑滑的明亮着，像涂了"明油"一般，有鸡蛋清那样软，那样嫩，令人想着所曾触过的最嫩的皮肤；她又不杂些儿尘滓，宛然一块温润的碧玉，只清清的一色——但你却看不透她！我曾见过北京什刹海拂地的绿杨，脱不了鹅黄的底子，似乎太淡了。我又曾见过杭州虎跑寺近旁高峻而深密的"绿壁"，丛叠着无穷的碧草与绿叶的，那又似乎太浓了。其馀呢，西湖的波太明了，秦淮河的又太暗了。可爱的，我将什么来比拟你呢？我怎么比拟得出呢？大约潭是很深的，故能蕴蓄着这样奇异的绿；仿佛蔚蓝的天融了一块在里面似的，这才这般的鲜润呀！——那醉人的绿呀！我若能裁你以为带，我将赠给那轻盈的舞女；她必能临风飘举了。我若能挹你以为眼，我将赠给那善歌的盲妹；她必明眸善睐了。我舍不得你；我怎舍得你呢？我用手拍着你，抚摩着你，如同一个十二三岁的小姑娘。我又掬你入口，便是吻着她了。我送你一个名字，我从此叫你"女儿绿"，好么？

我第二次到仙岩的时候，我不禁惊诧于梅雨潭的绿了。

二，八，温州作。

三、白水漈

几个朋友伴我游白水漈。

这也是个瀑布；但是太薄了，又太细了。有时闪着些须的白光；等你定睛看去，却又没有——只剩一片飞烟而已。从前有所谓"雾縠"，大概就是这样了。所以如此，全由于岩石中间突然空了一段；水到那里，无可凭依，凌虚飞下，便扯得又薄又细了。当那空处，最是奇迹。白光嬗为飞烟，已是影子；有时却连影子也不见。有时微风过来，用纤手挽着那影子，它便袅袅地成了一个软弧；但她的手才松，它又像橡皮带儿似的，立刻伏伏贴贴地缩回来了。我所以猜疑，或者另有双不可知的巧手，要将这些影子织成一个幻网。——微风想夺了她的，她怎么肯呢？

幻网里也许织着诱惑；我的依恋便是个老大的证据。

三，一六，宁波作。

四、生命的价格——七毛钱

生命本来不应该有价格的；而竟有了价格！人贩子、老鸨，以至近来的绑票土匪，都就他们的所有物，标上参差的价格，出卖于人；我想将来许还有公开的人市场呢！在种种"人货"里，价格最高的，自然是土匪们的票了，少则成千，多则成万；大约是有历史以来，"人货"的最高的行情了。其次是老鸨们所有的妓女，由数百元到数千元，是常常听说的。最贱的要算是人贩子的货色！他们所有的，只是些男女小孩，只是些"生货"，所以便卖不起价钱了。

人贩子只是"仲买人"，他们还得取给于"厂家"，便是出卖孩子们的人家。"厂家"的价格才真是道地呢！《青光》

里曾有一段记载，说三块钱买了一个丫头：那是移让过来的，但价格之低，也就够令人惊诧了！"厂家"的价格，却还有更低的！三百钱、五百钱买一个孩子，在灾荒时不算难事！但我不曾见过。我亲眼看见的一条最贱的生命，是七毛钱买来的！这是一个五岁的女孩子。一个五岁的"女孩子"卖七毛钱，也许不能算是最贱；但请您细看：将一条生命的自由和七枚小银元各放在天平的一个盘里，您将发现，正如九头牛与一根牛毛一样，两个盘儿的重量相差实在太远了！

我见这个女孩，是在房东家里。那时我正和孩子们吃饭，妻走来叫我看一件奇事，七毛钱买来的孩子！孩子端端正正的坐在条凳上；面孔黄黑色，但还丰润；衣帽也还整洁可看。我看了几眼，觉得和我们的孩子也没有什么差异；我看不出她的低贱的生命的符记——如我们看低贱的货色时所容易发现的符记。我回到自己的饭桌上，看看阿九和阿菜，始终觉得和那个女孩没有什么不同！但是，我毕竟发见真理了！我们的孩子所以高贵，正因为我们不会出卖他们，而那个女孩所以低贱，正因为她是被出卖的；这就是她只值七毛钱的缘故了！呀，聪明的真理！

妻告诉我这孩子没有父母，她哥嫂将她卖给房东家姑爷开银匠店里的伙计，便是带着她吃饭的那个人。他似乎没有老婆，手头很窘的，而且喜欢喝酒，是一个糊涂的人！我想这孩子父母若还在世，或者还舍不得卖她，至少也要迟几年卖她；因为她究竟是可怜可怜的小羔羊。到了哥嫂的手里，情形便不同了！家里总不宽裕，多一张嘴吃饭，多费些布做衣，是显而易见的。将来人大了，由哥嫂卖出，究竟是为难的；说不定还得找补些儿，才能送出去。这可多么冤呀！不如趁小的时候，谁也不注意，做个人情，送了干净！您想，温州不算十分穷苦的地方，也没碰着大荒年，干什么得了七个小毛钱，就心甘情愿地将自己的小妹子捧给人家呢？说等钱用？谁也不信！七毛钱了得什么急事！温州又不是没人买的！大约买卖两方本来相知；那边恰要个孩子顽儿，这边也乐得出脱，便半送半卖地含糊定了交易。我猜想那时伙计向袋里一摸，一股脑儿掏了出来，只有七毛钱！哥哥原也不指望着这笔钱用，也就大大方方收了完事。于是财货两交，那女孩便归伙计管业了！

这一笔交易的将来，自然是在运命手里；女儿本姓"碰"，由她去碰吧了！但可知的，运命决不加惠于她！第一幕的戏已启示于我们了！照妻所说，那伙计必无这样耐心，抚养她成人长大！他将像豢养小猪一样，等到相当的肥壮的时候，便卖给屠户，任他宰割去；这其间他得了赚头，是理所当然的！但屠户是谁呢？在她卖做丫头的时候，便是主人！"仁慈的"主人只宰割她相当的劳力，如养羊而剪它的毛一样。到了相当的年纪，便将她配人。能够这样，她虽然被撤在丫头坯里，却还算不幸中之幸哩！但在目下这钱世界里，如此大方的人究竟是少的；我们所见的，十有六七是刻薄人！她若卖到这种人手里，他们必揍榨她过量的劳力。供不应求时，便骂也来了，打也来了！等她成熟时，却又好转卖给人家作妾；平常揍榨得不够，这儿又找补一个尾子，偏生这孩子模样儿又不好；入门不能得丈夫的欢心，容易遭大妇的凌虐，又是显然的！她的一生，将消磨于眼泪中了！也有些主人自己收婢作妾的；但红颜白发，也只空断送了她的一生！和前例相较，只是五十步与百步而已。——更可危的，她若被那伙计卖在妓院里，老鸨才真是个令人肉颤的屠户呢！我们可以想到：她怎样逼她学弹学唱，怎样驱遣她去做粗活！怎样用藤筋打她，用针刺她！怎样督责她承欢卖笑！她怎样吃残羹冷饭！怎样打熬着不得睡觉！怎样终于生了一身毒疮！她的相貌使她只能做下等的妓女；她的沦落风尘是终生的！她的悲剧也是终生的！——唉！七毛钱竟买了你的全生命——你的血肉之躯竟抵不上区区七个小银元么？生命真太贱了！生命真太贱了！

因此想到自己的孩子的运命，真有些胆寒！钱世界里的生命市场存在一日，都是我们孩子的危险！都是我们孩子的侮辱！您有孩子的人呀，想想看，这是谁之罪呢？这是谁之责呢？

四，九，宁波作。
（以上选自《踪迹》）

看 花

　　生长在大江北岸一个城市里，那儿的园林本是著名的，但近来却很少；似乎自幼就不曾听见过"我们今天看花去"一类话，可见花事是不盛的。有些爱花的人，大都只是将花栽在盆里，一盆盆搁在架上；架子横放在院子里。院子照例是小小的，只够放下一个架子；架上至多搁二十多盆花罢了。有时院子里依墙筑起一座"花台"，台上种一株开花的树；也有在院子里地上种的。但这只是普通的点缀，不算是爱花。

　　家里人似乎都不甚爱花；父亲只在领我们上街时，偶然和我们到"花房"里去过一两回。但我们住过一所房子，有一座小花园，是房东家的。那里有树，有花架（大约是紫藤花架之类），但我当时还小，不知道那些花木的名字；只记得爬在墙上的是蔷薇而已。园中还有一座太湖石堆成的洞门；现在想来，似乎也还好的。在那时由一个顽皮的少年仆人领了我去，却只知道跑来跑去捉蝴蝶；有时掐下几朵花，也只是随意揉弄着，随意丢弃了。至于领略花的趣味，那是以后的事：夏天的早晨，我们那地方有乡下的姑娘在各处街巷，沿门叫着，"卖栀子花来。"栀子花不是什么高品，但我喜欢那白而晕黄的颜色和那肥肥的个儿，正和那些卖花的姑娘有着相似的韵味。栀子花的香，浓而不烈，清而不淡，也是我乐意的。我这样便爱起花来了。也许有人会问"你爱的不是花罢？"这个我自己其实也已不大弄得清楚，只好存而不论了。

在高小的一个春天，有人提议到城外 F 寺里吃桃子去，而且预备白吃；不让吃就闹一场，甚至打一架也不在乎。那时虽远在五四运动以前，但我们那里的中学生却常有打进戏园看白戏的事。中学生能白看戏，小学生为什么不能白吃桃子呢？我们都这样想，便由那提议人纠合了十几个同学，浩浩荡荡地向城外而去。到了 F 寺，气势不凡地呵叱着道人们（我们称寺里的工人为道人），立刻领我们向桃园里去。道人们踌躇着说："现在桃树刚才开花呢。"但是谁信道人们的话？我们终于到了桃园里。大家都丧了气，原来花是真开着呢！这时提议人 P 君便去折花。道人们是一直步步跟着的，立刻上前劝阻，而且甩起手来。但 P 君是我们中最不好惹的；"说时迟，那时快"，一眨眼，花在他的手里，道人已踉跄在一旁了。那一园子的桃花，想来总该有些可看；我们却谁也没有想着去看。只嚷着，"没有桃子，得沏茶喝！"道人们满肚子委屈地引我们到"方丈"里，大家各喝一大杯茶。这才平了气，谈谈笑笑地进城去。大概我那时还只懂得爱一朵朵的栀子花，对于开在树上的桃花，是并不了然的；所以眼前的机会，便从眼前错过了。

以后渐渐念了些看花的诗，觉得看花颇有些意思。但到北平读了几年书，却只到过崇效寺一次；而去得又嫌早些，那有名的一株绿牡丹还未开呢。北平看花的事很盛，看花的地方也很多；但那时热闹的似乎也只有一班诗人名士，其馀还是不相干的。那正是新文学运动的起头，我们这些少年，对于旧诗和那一班诗人名士，实在有些不敬；而看花的地方又都远不可言，我是一个懒人，便干脆地断了那条心了。后来到杭州做事，遇见了Y君，他是新诗人兼旧诗人，看花的兴致很好。我和他常到孤山去看梅花。孤山的梅花是古今有名的，但太少；又没有临水的，人也太多。有一回坐在放鹤亭上喝茶，来了一个方面有须，穿着花缎马褂的人，用湖南口音和人打招呼道，"梅花盛开嗒！""盛"字说得特别重，使我吃了一惊；但我吃惊的也只是说在他嘴里"盛"这个声音罢了，花的盛不盛，在我倒并没有什么的。

有一回，Y来说，灵峰寺有三百株梅花；寺在山里，去的人也少。我和Y，还有N君，从西湖边雇船到岳坟，从岳坟入山。曲曲折折走了好一会，又上了许多石级，才到山上寺里。寺甚小，梅花便在大殿西边园中。园也不大，东墙下有三间净室，最宜喝茶看花；北边有座小山，山上有亭，大约叫"望海亭"罢，望海是未必，但钱塘江与西湖是看得见的。梅树确是不少，密密地低低地整列着。那时已是黄昏，寺里只我们三个游人；梅花并没有开，但那珍珠似的繁星似的骨都儿，已经够可爱了；我们都觉得比孤山上盛开时有味。大殿上正做晚课，送来梵呗的声音，和着梅林中的暗香，真叫我们舍不得回去。在园里徘徊了一会，又在屋里坐了一会，天是黑定了，又没有月色，我们向庙里要了一个旧灯笼，照着下山。路上几乎迷了道，又两次三番地狗咬；我们的Y诗人确有些窘了，但终于到了岳坟。船夫远远迎上来道："你们来了，我想你们不会冤我呢！"在船上，我们还不离口地说着灵峰的梅花，直到湖边电灯光照到我们的眼。

　　Y 回北平去了，我也到了白马湖。那边是乡下，只有沿湖与杨柳相间着种了一行小桃树，春天花发时，在风里娇媚地笑着。还有山里的杜鹃花也不少。这些日日在我们眼前，从没有人像煞有介事地提议，"我们看花去。"但有一位 S 君，却特别爱养花；他家里几乎是终年不离花的。我们上他家去，总看他在那里不是拿着剪刀修理枝叶，便是提着壶浇水。我们常乐意看着。他院子里一株紫薇花很好，我们在花旁喝酒，不知多少次。白马湖住了不过一年，我却传染了他那爱花的嗜好。但重到北平时，住在花事很盛的清华园里，接连过了三个春，却从未想到去看一回。只在第二年秋天，曾经和孙三先生在园里看过几次菊花。"清华园之菊"是著名的，孙三先生还特地写了一篇文，画了好些画。似那种一盆一干一花的养法，花是好了，总觉没有天然的风趣。直到去年春天，有了些馀闲，在花开前，先向人问了些花的名字。一个好朋友是从知道姓名起的，我想看花也正是如此。恰好 Y 君也常来园中，我们一天三四趟地到那些花下去徘徊。今年 Y 君忙些，我便一个人去。我爱繁花老干的杏，临风婀娜的小红桃，贴梗累累如珠的紫荆；但最恋恋的是西府海棠。海棠的花繁得好，也淡得好；艳极了，却没有一丝荡意。疏疏的高杆子，英气隐隐逼人。可惜没有趁着月色看过；王鹏运有两句词道："只愁淡月朦胧影，难验微波上下潮。"我想月下的海棠花，大约便是这种光景罢。

为了海棠，前两天在城里特地冒了大风到中山公园去，看花的人倒也不少；但不知怎的，却忘了畿辅先哲祠。Y告我那里的一株，遮住了大半个院子；别处的都向上长，这一株却是横里伸张的。花的繁没有法说；海棠本无香，昔人常以为恨，这里花太繁了，却酝酿出一种淡淡的香气，使人久闻不倦。Y告我，正是刮了一日还不息的狂风的晚上；他是前一天去的。他说他去时地上已有落花了，这一日一夜的风，准完了。他说北平看花，是要赶着看的：春光太短了，又晴的日子多；今年算是有阴的日子了，但狂风还是逃不了的。我说北平看花，比别处有意思，也正在此。这时候，我似乎不甚菲薄那一班诗人名士了。

十九年四月。

论无话可说

十年前我写过诗；后来不写诗了，写散文；入中年以后，散文也不大写得出了——现在是，比散文还要"散"的无话可说！许多人苦于有话说不出，另有许多人苦于有话无处说；他们的苦还在话中，我这无话可说的苦却在话外。我觉得自己是一张枯叶，一张烂纸，在这个大时代里。

在别处说过，我的"忆的路"是"平如砥""直如矢"的；我永远不曾有过惊心动魄的生活，即使在别人想来最风华的少年时代。我的颜色永远是灰的。我的职业是三个教书；我的朋友永远是那么几个，我的女人永远是那么一个。有些人生活太丰富了，太复杂了，会忘记自己，看不清楚自己，我是什么时候都"了了玲玲地"知道，记住，自己是怎样简单的一个人。

但是为什么还会写出诗文呢？——虽然都是些废话。这是时代为之，十年前正是五四运动的时期，大伙儿蓬蓬勃勃的朝气，紧逼着我这个年轻的学生；于是乎跟着人家的脚印，也说说什么自然，什么人生。但这只是些范畴而已。我是个懒人，平心而论，又不曾遭过怎样了不得的逆境；既不深思力索，又未亲自体验，范畴终于只是范畴，此外也只是廉价的，新瓶里装旧酒的感伤。当时芝麻黄豆大的事，都不惜郑重地写出来，现在看看，苦笑而已。

先驱者告诉我们说自己的话。不幸这些自己往往是简单的，说来说去是那一套；终于说的听的都腻了。——我便是其中的一个。这些人自己其实并没有什么话，只是说些中外贤哲说过的和并世少年将说的话。真正有自己的话要说的是不多的几个人；因为真正一面生活一面吟味那生活的只有不多的几个人。一般人只是生活，按着不同的程度照例生活。

这点简单的意思也还是到中年才觉出的；少年时多少有些热气，想不到这里。中年人无论怎样不好，但看事看得清楚，看得开，却是可取的。这时候眼前没有雾，顶上没有云彩，有的只是自己的路。他负着经验的担子。一步步踏上这条无尽的然而实在的路。他回看少年人那些情感的玩意，觉得一种轻松的意味。他乐意分析他背上的经验，不止是少年时的那些；他不愿远远地捉摸，而愿剥开来细地看。也知道剥开后便没了那跳跃着的力量，但他不在乎这个，他明白在冷静中有他所需要的。这时候他若偶然说话，决不会是感伤的或印象的，他要告诉你怎样走着他的路，不然就是，所剥开的是些什么玩意。但中年人是很胆小的。他听别人的话渐渐多了，说了的他不说，说得好的他不说。所以终于往往无话可说——特别是一个寻常的人像我。但沉默又是寻常的人所难堪的，我说苦在话外，以此。

中年人若还打着少年人的调子，——姑不论调子的好原也未尝不可，只总觉"像煞有介事"。他要用很大的力量去写出那冒着热气或流着眼泪的话；一个神经敏锐的人对于这个是不容易忍耐的，无论在自己在别人。这好比上了年纪的太太小姐们还涂脂抹粉地到大庭广众里去卖弄一般，是殊可不必的了。

其实这些都可以说是废话，只要想一想咱们这年头。这年头要的是"代言人"，而且将一切说话的都看作"代言人"；压根儿就无所谓自己的话。这样一来，如我辈者，倒可以将从前狂妄之罪减轻，而现在是更无话可说了。

但近来在戴译《唯物史观的文学论》里看到，法国俗语"无话可说"竟与"一切皆好"同意。呜呼，这是多么损的一句话，对于我，对于我的时代！

二十年三月。

给亡妇

谦，日子真快，一眨眼你已经死了三个年头了。这三年里世事不知变化了多少回，但你未必注意这些个，我知道。你第一惦记的是你几个孩子，第二便轮着我。孩子和我平分你的世界，你往日如此；你死后若还有知，想来还如此的。告诉你，我夏天回家来着：迈儿长得结实极了，比我高一个头。闰儿，父亲说是最乖，可是没有先前胖了。采芷和转子都好。五儿全家夸她长得好看；却在腿上生了湿疮，整天坐在竹床上不能下来，看了怪可怜的。六儿，我怎么说好，你明白，你临终时也和母亲谈过，这孩子是只可以养着玩儿的，他左挨右挨，去年春天，到底没有挨过去。这孩子生了几个月，你的肺病就重起来了。我劝你少亲近他，只监督着老妈子照管就行。你总是忍不住，一会儿提，一会儿抱的。可是你病中为他操的那一分儿心也够瞧的。那一个夏天他病的时候多，你成天儿忙着，汤呀，药呀，冷呀，暖呀，连觉也没有好好儿睡过。哪里有一分一毫想着你自己。瞧着他硬朗点儿你就乐，干枯的笑容在黄蜡般的脸上，我只有暗中叹气而已。

从来想不到做母亲的要像你这样。从迈儿起，你总是自己喂乳，一连四个都这样。你起初不知道按钟点儿喂，后来知道了，却又弄不惯；孩子们每夜里几次将你哭醒了，特别是闷热的夏季。我瞧你的觉老没睡足。白天里还得做菜，照料孩子，很少得空儿，你的身子本来坏，四个孩子就累你七八年。到了第五个，你自己实在不成了，又没乳，只好自己喂奶粉，另雇老妈子专管她。但孩子跟老妈子睡，你就没有放过心；夜里一听见哭，就竖起耳朵听，工夫一大就得过去看。十六年初，和你到北京来，将迈儿转子留在家里。三年多还不能去接他们，可真把你惦记苦了。你并不常提，我却明白。你后来说，你的病就是惦记出来的；那个自然也有分儿，不过大半还是养育孩子累的。你的短短的十二年结婚生活，有十一年耗费在孩子们身上；而你一点不厌倦，有多少力量用多少，一直到自己毁灭为止。你对孩子一般儿爱，不问男的女的，大的小的。也不想到什么"养儿防老，积谷防饥"，只拼命地爱去。你对于教育老实说有些外行，孩子们只要吃得好玩得好就成了。这也难怪你，你自己便是这样长大的。况且孩子们原都还小，吃和玩本来也要紧的。你病重的时候最放不下的还是孩子。病的只剩皮包着骨头了，总不信自己不会好；老说："我死了，这一大群孩子可苦了。"后来说送你回家，你想着可看以见迈儿和转子，也愿意；你万不想到会一去不返的。我送车的时候，你忍不住哭了，说"还不知能不能再见？"可怜，你的心我知道，你满想着好好儿带着六个孩子回来见我的。谦，你那时一定这样想，一定的。

　　除了孩子，你心里只有我。不错，那时你父亲还在。可是你母亲死了，他另有个女人，你老早就觉得隔了一层似的。出嫁后第一年你虽还一心一意依恋着他老人家，到第二年上我和孩子可就将你的心占住，你再没有多少工夫惦记他了。你还记得第一年我在北京，你在家里。家里来信说你待不住，常回娘家去。我动气了，马上写信责备你。你教人写了一封复信，说家里有事，不能不回去。这是你第一次也可以说第末次的抗议，我从此就没给你写信。暑假时带了一肚子主意回去，但见了面，看你一脸笑，也就拉倒了。打这时候起，你渐渐从你父亲的怀里跑到我这儿。你换了金镯子帮助我的学费，叫我以后还你；但直到你死，我没有还你。你在我家受了许多气。又因为我家的缘故受你家里的气，你都忍着。这全为的是我，我知道。那回我从家乡一个中学半途辞职出走。家里人讽你也走。哪里走！只得硬着头皮往你家去。那时你家像个冰窖子，你们在窖里足足住了三个月。好容易我才将你们领出来了，一同上外省去。小家庭这样组织起来了。你虽不是什么阔小姐，可也是自小娇生惯养的。做起主妇来，什么都得干一两手；你居然做下去了，而且高高兴兴地做下去了。菜照例满是你做，可是吃的都是我们；你至多夹上两三筷子就算了，你的菜做得不坏，有一位老在行大大地夸奖过你。你洗衣服也不错，夏天我的绸大褂大概总是你亲自动手。你在家老不乐意闲着；坐前几个"月子"，老是四五天就起床，说是躺着家里事没条没理的。其实你起来也还不是没条理；咱们家那么多孩子，哪儿来条理？在浙江住的时候，逃过两回兵难，我都在北平。真亏你领着母亲和一群孩子东藏西躲的。末一回还要走多少里路，翻一道大岭。这两回差不多只靠你一个人。你不但带了母亲和孩子们，还带了我一箱箱的书；你知道我是最爱书的。在短短的十二年里，你操的心比人家一辈子还多；谦，你那样身子怎么经得住！你将我的责任一股脑儿担负了去，压死了你，我如何对得起你！

你为我的捞什子书也费了不少神；第一回让你父亲的男佣人从家乡背到上海去，他说了几句闲话，你气得在你父亲面前哭了。第二回是带着逃难，别人都说你傻子。你有你的想头："没有书怎么教书？况且他又爱这个玩意儿。"其实你没有晓得，那些书丢了也并不可惜；不过教你怎么晓得，我平常从来没和你谈过这些个！总而言之，你的心是可感谢的。这十二年里你为我吃的苦真不少，可是没有过几天好日子。我们在一起住，算来也还不到五个年头。无论日子怎么坏，无论是离是合，你从来没对我发过脾气，连一句怨言也没有——别说怨我，就是怨命也没有过。老实说，我的脾气可不大好，迁怒的事儿有的是。那些时候，你往往抽噎着流眼泪，从不回嘴，也不号啕。不过我也只信得过你一个人，有些话我只和你一个人说，因为世界上只你一个人真关心我，真同情我。你不但为我吃苦，更为我分苦；我之前我现在的精神，大半是你给我培养着的。这些年来我很少生病。但我最不耐烦生病，生了病就呻吟不绝，闹那侍候病的人。你是领教过一回的，那回只一两点钟，可是也够麻烦了。你常生病，却总不开口，挣扎着起来；一来怕搅我，二来怕没人做你那分儿事。我有一个坏脾气，怕听人生病，也是真的。后来你天天发烧，自己还以为南方带来的疟疾，一直瞒着我。明明躺着，听见我的脚步，一骨碌就坐起来。我渐渐有些奇怪，让大夫一瞧，这可糟了，你的一个肺已烂了一个大窟窿了！大夫劝你到西山去静养，你丢不下孩子，又舍不得钱；劝你在家里躺着，你也丢不下那分儿家务。越看越不行了，适才送你回去。明知凶多吉少，想不到只一个月工夫你就完了！本来盼望还见得着你，这一来可拉倒了。你也何尝想到这个？父亲告诉我，你回家独住着一所小住宅，还嫌没有客厅，怕我回去不便哪。

　　前年夏天回家，上你坟上去了。你睡在祖父母的下首，想来还不孤单的。只是常年祖父母的圹太小了，你正睡在圹底下。这叫做"抗圹"，在生人看来是不安心的；等着想办法罢。那时圹上圹下密密地长着青草，朝露浸湿了我的布鞋。你刚埋了半年多，只有圹下多出一块土，别的全然看不出新坟的样子。我和隐今夏回去，本想到你的坟上来；因为她病了没来成。我们想告诉你，五个孩子都好，我们一定尽心教养他们，让他们对待起死了的母亲你！谦，好好儿放心安睡罢，你。

二十一年十月。

谈抽烟

有人说，"抽烟有什么好处？还不如吃点口香糖，甜甜的，倒不错。"不用说，你知道这准是外行。口香糖也许不错，可是喜欢的怕是女人孩子居多；男人很少赏识这种顽意儿的；除非在美国，那儿怕有些个例外。一块口香糖得咀嚼老半天，还是嚼不完，凭你怎么斯文，那朵颐的样子，总遮掩不住，总有点儿不雅相。这其实不像抽烟，倒像衔橄榄。你见过衔着橄榄的人？腮帮子上凸出一块，嘴里不时地嗞儿嗞儿的。抽烟可用不着这么费劲；烟卷儿尤其省事，随便一叼上，悠然地就吸起来，谁也不来注意你。抽烟说不上是什么味道；勉强说，也许有点儿苦罢。但抽烟的不稀罕那"苦"而稀罕那"有点儿"。他的嘴太闷了，或者太闲了，就要这么点儿来凑个热闹，让他觉得嘴还是他的。嚼一块口香糖可就太多，甜甜的，够多腻味；而且有了糖也许便忘记了"我"。

抽烟其实是个玩意儿。就说抽卷烟罢，你打开匣子或罐子，抽出烟来，在桌上顿几下，衔上，擦洋火，点上。这其间每一个动作都带股劲儿，像做戏一般。自己也许不觉得，但到没有烟抽的时候，便觉得了。那时候你必然闲得无聊；特别是两只手，简直没放处。再说那吐出的烟，袅袅地缭绕着，也够你一回两回的捉摸；它可以领你走到顶远的地方去。——即便在百忙当中，也可以让你轻松一忽儿。所以老于抽烟的人，一叼上烟，真能悠然遐想。他霎时间是个自由自在的身子，无论他是靠在沙发上的绅士，还是蹲在台阶上的瓦匠。有时候他还能够叼着烟和人说闲话；自然有些含含糊糊的，但是可喜的是那满不在乎的神气。这些大概也算得游戏三昧罢。

好些人抽烟，为的有个伴儿。譬如说一个人单身住在北平，和朋友在一块儿，倒是有说有笑的，回家来，空屋子像水一样。这时候他可以摸出一支烟抽起来，借点儿暖气。黄昏来了，屋子里的东西只剩些轮廓，暂时懒得开灯，也可以点上一支烟，看烟头上的火一闪一闪的，像亲密的低语，只有自己听得出。要是生气，也不妨迁怒一下，使劲儿吸他十来口。客来了，若你倦了说不得话，或者找不出可说的，干坐着岂不着急？这时候最好拈起一支烟将嘴堵上等你对面的人。若是他也这么办，便尽时间在烟子里爬过去。各人抓着一个新件儿，大可以盘桓一会的。

从前抽水烟旱烟，不过一种不伤大雅的嗜好，现在抽烟却成了派头。抽烟卷儿指头黄了，由它去。用烟嘴不独麻烦，也小气，又跟烟隔得那么老远的。今儿大褂上一个窟窿，明儿坎肩上一个，由他去。一支烟里的尼古丁可以毒死一个小麻雀，也由它去。总之，蹩蹩扭扭的，其实也还是个"满不在乎"罢了。烟有好有坏，味有浓有淡，能够辨味的是内行，不择烟而抽的是大方之家。

择偶记

自己是长子长孙，所以不到十一岁就说起媳妇来了。那时对于媳妇这件事简直茫然，不知怎么一来，就已经说上了。是曾祖母娘家人，在江苏北部一个小县份的乡下住着。家里人都在那里住过很久，大概也带着我；只是太笨了，记忆里没有留下一点影子。祖母常常躺在烟榻上讲那边的事，提着这个那个乡下人的名字。起初一切都像只在那白腾腾的烟气里。日子久了，不知不觉熟悉起来了，亲昵起来了。除了住的地方，当时觉得那叫做"花园庄"的乡下实在是最有趣的地方了。因此听说媳妇就定在那里，倒也仿佛理所当然，毫无意见。每年那边田上有人来，蓝布短打扮，衔着旱烟管，带好些大麦粉，白薯干儿之类。他们偶然也和家里人提到那位小姐，大概比我大四岁，个儿高，小脚；但是那时我热心的其实还是那些大麦粉和白薯干儿。

记得是十二岁上，那边背信来，说小姐痨病死了。家里并没有人叹惜；大约他们看见她时她还小，年代一多，也就想不清是怎样一个人了。父亲其时在外省做官，母亲颇为我亲事着急，便托了常来做衣服的裁缝做媒。为的是裁缝走的人家多，而且可以看见太太小姐。主意并没有错，裁缝来说一家人家，有钱，两位小姐，一位是姨太太生的；他给说的是正太太的大小姐。他说那边要相亲。母亲答应了，定下日子，由裁缝带我上茶馆。记得那是冬天，到日子母亲让我穿上枣红宁绸袍子，黑宁绸马褂，戴上红帽结儿的黑缎瓜皮小帽，又叮嘱自己留心些。茶馆里遇见那位相亲的先生，方面大耳，同我现在年纪差不多，布袍布马褂，像是给谁穿着孝。这个人倒是慈祥的样子，不住地打量我，也问了些念什么书一类的话。回来裁缝说人家看得很细：说我的"人中"长，不是短寿的样子，又看我走路，怕脚上有毛病。总算让人家看中了，该我们看人家了。母亲派亲信的老妈子去。老妈子的报告是，大小姐个儿比我大得多，坐下去满满一圈椅；二小姐倒苗苗条条的。母亲说胖了不能生育，像亲戚里谁谁谁；教裁缝说二小姐。那边似乎生了气，不答应，事情就摧了。

母亲在牌桌上遇见一位太太，她有个女儿，透着聪明伶俐。母亲有了心，回家说那姑娘和我同年，跳来跳去的，还是个孩子。隔了些日子，便托人探探那边口气。那边做的官似乎比父亲的更小，那时正是光复的前年，还讲究这些，所以他们乐意做这门亲。事情已到九成九，忽然出了岔子。本家叔祖母用的一个寡妇老妈子熟悉这家子的事，不知怎么教母亲打听着了。叫她来问，她的话遮遮掩掩的。到底问出来了，原来那小姑娘是抱来的，可是她一家很宠她，和亲生的一样。母亲心冷了。过了两年，听说她已生了痨病，吸上鸦片烟了。母亲说，幸亏当时没有定下来。我已懂得一些事了，也这么想着。

　　光复那年，父亲生伤寒病，请了许多医生看。最后请着一位武先生，那便是我后来的岳父。有一天，常去请医生的听差回来说，医生家有位小姐。父亲既然病着，母亲自然更该担心我的事。一听这话，便追问下去。听差原只顺口谈天，也说不出个所以然。母亲便在医生来时，教人问他轿夫，那位小姐是不是他家的。轿夫说是的。母亲便和父亲商量，托舅舅问医生的意思。那天我正在父亲病榻旁，听见他们的对话。舅舅问明了小姐还没有人家，便说，像×翁这样人家怎么样？医生说，很好呀。话到此为止，接着便是相亲，还是母亲那个亲信的老妈子去。这回报告不坏，说就是脚大些。事情这样定局，母亲教轿夫回去说，让小姐裹上点儿脚。妻嫁过来后，说相亲的时候早躲开了，看见的是另一个人。至于轿夫捎的信儿，却引起了一段小小风波。岳父对岳母说，早教你给她裹脚，你不信；瞧，人家怎么说来着！岳母说，偏偏不裹，看他家怎么样！可是到底采取了折中的办法，直到妻嫁过来的时候。

二十三年三月作

（以上选自《你我》）

罗　马

罗马（Rome）是历史上大帝国的都城，想象起来，总是气象万千似的。现在它的光荣虽然早过去了，但是从七零八落的废墟里，后人还可仿佛于百一。这些废墟，旧有的加上新发掘的，几乎随处可见，像特意点缀这座古城的一般。这边几根石柱子，那边几段破墙，带着当年的尘土，寂寞地陷在大坑里；虽然是夏天中午的太阳，照上去也黯黯淡淡，没有多少劲儿。就中罗马市场（Forum Romanum）规模最大。这里是古罗马城的中心，有法庭，神庙，与住宅的残迹。卡司多和波鲁斯庙的三根哥林斯式的柱子，顶上还有片石相连着；在全场中最为秀拔，像三个丰姿飘洒的少年用手横遮着额角，正在眺望这一片古市场。想当年这里终日挤挤闹闹的也不知有多少人，各有各的心思，各有各的手法；现在只剩三两起游客指手画脚的在死一般的寂静里。犄角上有一所住宅，情形还好：一面是三间住屋，有壁画，已模糊了，地是嵌石铺成的；旁厢是饭厅，壁画极讲究，画的都是正大的题目，他们是很看重饭厅的。市场上面便是巴拉丁山，是饱历兴衰的地方。最早是一个村落，只有些茅草屋子；罗马共和末期，一姓贵族聚居在这里；帝国时代，更是繁华。游人走上山去，两旁宏壮的住屋还留下完整的黄土坯子，可以见出当时阔人家的气局。屋顶一片平场，原是许多花园，总名法内赛园子，也是四百年前的旧迹；现在点缀些花木，一角上还有一座小喷泉。在这园子里看脚底下的古市场，全景都在望中了。

市场东边是斗狮场，还可以看见大概的规模；在许多宏壮的废墟里，这个算是情形最好的。外墙是一个大圆圈儿，分四层，要仰起头才能看到顶上。下三层都是一色的圆拱门和柱子，上一层只有小长方窗户和楞子；这种单纯的对照教人觉得这座建筑是整整的一块，好像直上云霄的松柏，老干亭亭，没有一些繁枝细节。里面中间原是大平场；中古时在这儿筑起堡垒，现在满是一道道颓毁的墙基，倒成了四不像。这场子便是斗狮场；环绕着的是观众的坐位。下两层是包厢，皇帝与外宾的在最下层，上层是贵族的；第三层公务员坐，最上层平民坐：共可容四五万人。狮子洞还在下一层，有口直通场中。斗狮是一种刑罚，也可以说是一种裁判：罪囚放在狮子面前，让狮子去搏他；他若居然制死了狮子，便是直道在他一边，他就可自由了。但自然是让狮子吃掉的多；这些人大约就算活该。想到临场的罪囚和他亲族的悲苦与恐怖，他的仇人的痛快，皇帝的威风，与一般观众好奇的紧张的面目，真好比一场噩梦。这个场子建筑在一世纪，原是戏园子，后来才故作斗狮之用。

斗狮场南面不远是卡拉卡拉浴场。古罗马人颇讲究洗澡，浴场都造得好，这一所更其华丽。全场用大理石砌成，用嵌石铺地；有壁画，有雕像，用具也不寻常。房子高大，分两层，都用圆拱门，走进去觉得稳稳的；里面金碧辉煌，与壁画雕像相得益彰。居中是大健身房，有喷泉两座。场子占地六英亩，可容一千六百人洗浴。洗浴分冷热水蒸汽三种，各占一所屋子。古罗马人上浴场来，不单是为洗澡；他们可以在这儿商量买卖，和解讼事等等，正和我们上茶店上饭店一般作用。这儿还有好些游艺，他们公馀或倦后来洗一个澡，找几个朋友到游艺室去消遣一回，要不然，到客厅去谈谈话，都是很"写意"的。现在却只剩下一大堆遗迹。大理石本来还有不少，早给搬去造圣彼得等教堂去了；零星的物件陈列在博物院里。我们所看见的只是些巍巍峨峨参参差差的黄土骨子，站在太阳里，还有学者们精心研究出来的《卡拉卡拉浴场图》的照片，都只是所谓过屠门大嚼而已。

罗马从中古以来便以教堂著名。康南海《罗马游纪》中引杜牧的诗"南朝四百八十寺，多少楼台烟雨中"，光景大约有些相像的；只可惜初夏去的人无从领略那烟雨罢了。圣彼得堂最精妙，在城北尼罗圆场的旧址上。尼罗在此地杀了许多基督教徒。据说圣彼得上十字架后也便葬在这里。这教堂几经兴废，现在的房屋是十六世纪初年动工，经了许多建筑师的手。密凯安杰罗七十二岁时，受保罗第三的命，在这儿工作了十七年。后人以为天使保罗第三假手于这一个大艺术家，给这座大建筑定下了规模；以后虽有增改，但大体总是依着他的。教堂内部参照卡拉卡拉浴场的式样，许多高大的圆拱门稳稳地支着那座穹隆顶。教堂长六百九十六英尺，宽四百五十英尺，穹隆顶高四百〇三英尺，可是乍看不觉得是这么大。因为平常看屋子大小，总以屋内饰物等为标准，饰物等的尺寸无形中是有谱子的，圣彼得堂里的却大得离了谱子，"天使像巨人，鸽子像老鹰"，所以教堂真正的大小，一下倒不容易看出了。但是你若看里面走动着的人，便渐渐觉得不同。教堂用彩色大理石砌墙，加上好些嵌石的大幅的名画，大都是亮蓝与朱红二色；鲜明丰丽，不像普通教堂一味阴沉沉的。密凯安杰罗雕的彼得像，温和光洁，别是一格，在教堂的犄角上。

圣彼得堂两边的列柱回廊像两只胳膊拥抱着圣彼得圆场；留下一个口子，却又像个玦。场中央是一座埃及的纪功方尖柱，左右各有大喷泉。那两道回廊是十七世纪时亚历山大第三所造，成于倍里尼（Bernini）之手。廊子里有四排多力克式石柱，共二百八十四根；顶上前后都有阑干，前面阑干上并有许多小雕像。场左右地上有两块圆石头，站在上面看同一边的廊子，觉得只有一排柱子，气魄更雄伟了。这个圆场外，有一道弯弯的白石线，便是梵谛冈与意大利的分界。教皇每年复活节站在圣彼得堂的露台上为人民祝福，这个场子内外据说是拥挤不堪的。

圣保罗堂在南城外，相传是圣保罗葬地的遗址，也是柱子好。门前一个方院子，四面廊子里都是些整块石头凿出来的大柱子，比圣彼得的两道廊子却质朴得多。教堂里面也简单空廓，没有什么东西。但中间那八十根花岗石的柱子，和尽头处那六根蜡石的柱子，纵横地排着，看上去仿佛到了人迹罕至的远古的森林里。柱子上头墙上，周围安着嵌石的历代教皇像，一律圆框子。教堂旁边另有一个小柱廊，是十二世纪造的。这座廊子围着一所方院子，在低低的墙基上排着两层各色各样的细柱子——有些还嵌着金色玻璃块儿。这座廊子精工可以说像湘绣，秀美却又像王羲之的书法。

在城中心的威尼斯方场上巍然蹲踞着的，是也马奴儿第二的纪功廊。这是近代意大利的建筑，不缺少力量。一道弯弯的长廊，在高大的石基上。前面三层石级：第一层在中间，第二三层分开左右两道，通到廊子两头。这座廊子左右上下都匀称，中间又有那一弯，便兼有动静之美了。从廊前列柱间看到暮色中的罗马全城，觉得幽远无穷。

罗马艺术的宝藏自然在梵谛冈宫；卡辟多林博物院中也有一些，但比起梵谛冈来就太少了。梵谛冈有好几个雕刻院，收藏约有四千件，著名的"拉奥孔"（Laocoön）便在这里。画院藏书五十幅，都是精品，拉斐尔的"基督现身图"是其中之一，现在却因修理关着。梵谛冈的壁画极精彩，多是拉斐尔和他门徒的手笔，为别处所不及。有四间拉斐尔室和一些廊子，里面满是他们的东西。拉斐尔由此得名。他是乌尔比奴人，父亲是诗人兼画家。他到罗马后，极为人所爱重，大家都要教他画；他忙不过来，只好收些门徒作助手。他的特长在画人体。这是实在的人，肢体圆满而结实，有肉有骨头。这自然受了些佛罗伦斯派的影响，但大半还是他的天才。他对于气韵、远近、大小与颜色也都有敏锐的感觉，所以成为大家。他在罗马住的屋子还在，坟在国葬院里。歇司丁堂与拉斐尔室齐名，也在宫内。这个神堂是十五世纪时歇司土司第四造的，长一百三十三英尺，宽四十五英尺。两旁墙的上部，都由佛罗伦斯派画家装饰，有波铁乞利在内。屋顶的画满都是密凯安杰罗的，歇司丁堂著名在此。密凯安杰罗是佛罗伦斯派的极峰。他不多作画，一生精华都在这里。他画这屋顶时候，以深沉肃穆的心情渗入画中。他的构图里气韵流动着，形体的勾勒也自然灵妙，还有那雄伟出尘的风度，都是他独具的好处。堂中祭坛的墙上也是他的大画，叫做"最后的审判"。这幅壁画是以后多年画的，费了他七年工夫。

　　罗马城外有好几处隧道，是一世纪到五世纪时候基督教徒挖下来做墓穴的，但也用作敬神的地方。尼罗搜杀基督敬徒，他们往往避难于此。最值得看的是圣卡里斯多隧道；那儿还有一种热诚花，十二瓣，据说是代表十二使徒的。我们看的是圣赛巴司提亚堂底下的那一道；大家点了小蜡烛下去。曲曲折折的狭路，两旁是大大小小深深浅浅的墓穴；现在自然是空的，可是有时还看见些零星的白骨。有一处据说圣彼得住过，成了龛堂，壁上画得很好。别处也还有些壁画的残迹。这个隧道似乎有四层，占的地方也不小。圣赛巴司提亚堂里保存着一块石头，上有大脚印两个：他们说是耶稣基督的，现在供养在龛里。另一个教堂也供着这么一块石头，据说是仿本。

　　缧绁堂建于第五世纪，专为供养拴过圣彼得的一条铁链子。现在这条链子还好好的在一个精美的龛子里。堂中周理乌司第二纪念碑上有密凯安杰罗雕的几座像；摩西像尤为著名。那种原始的坚定的精神和勇猛的力量从眉目上、胡须上、胳膊上、手上、腿上，处处透露出来，教你觉得见着了一个伟大的人。又有个阿拉古里堂，中有圣婴像。这个圣婴自然便是耶稣基督；是十五世纪耶路撒冷一个教徒用橄榄木雕的。他带它到罗马，供养在这个堂里。四方来许愿的很多，据说非常灵验；它身上密层层地挂着许多金银饰器都是人家还愿的。还有好些信写给它，表示敬慕的意思。

　　罗马城西南角上，挨着古城墙，是英国坟场或叫做新教坟场。这里边葬的大都是艺术家与诗人，所以来拜谒来凭吊的意大利人和别国的人终日不绝。就中最有名的自然是十九世纪英国浪漫诗人雪莱与济兹的墓。雪莱的心葬在英国，他的遗灰在这儿。墓在古城墙下斜坡上，盖有一块长方的白石；第一行刻着"心中心"，下面两行是生卒年月，再下三行是莎士比亚《风暴》中的仙歌。

　　　　彼无毫毛损，
　　　　海涛变化之，
　　　　从此更神奇。

　　好在恰恰关合雪莱的死和他的为人。济兹墓相去不远，有墓碑，上面刻着道：

　　　　这座坟里是
　　　　英国一位少年诗人的遗体；
　　　　他临死时候，
　　　　想着他仇人们的恶势力，
　　　　痛心极了，叫将下面这一句话
　　　　刻在他的墓碑上：
　　　　"这儿躺着一个人，
　　　　他的名字是用水写的。"

　　末一行是速朽的意思；但他的名字正所谓"不废江河万古流"，又岂是当时人所料得到的，后来有人别作新解，根据这一行话做了一首诗，连济兹的小像一块儿刻铜嵌在他墓旁墙上。这首诗的原文是很有风趣的。

> 济兹名字好，
>
> 既是水写成；
>
> 一点一滴水，
>
> 后人的泪痕——
>
> 英雄枯万骨，
>
> 难如此感人。
>
> 安睡罢，
>
> 陈词虽挂漏，
>
> 高风自峥嵘。

　　这座坟场是罗马富有诗意的一角；有些爱罗马的人虽不死在意大利也会遗嘱葬在这座"永远的城"的永远的一角里。

滂卑故城

滂卑（Pompei）故城在奈波里之南，意大利半岛的西南角上。维苏威火山在它的正东，像一座围屏。纪元七十九年，维苏威初次喷火。喷出的熔岩倒没有什么；可是那崩裂的灰土，山一般压下来，到底将一座繁华的滂卑城活活地埋在底下，不透一丝风儿。那时是半夜里。好在大多数人瞧着兆头不妙，早卷了细软走了；剩下的并不多，想来是些穷小子和傻瓜罢。城是埋下去了，年岁一久，谁也忘记了。只存下当时一个叫小勃里尼的人的两封信，里面叙述滂卑陷落的情形；但没有人能指出这座故城的遗址来。直到一七四八年大剧场与别的几座房子出土，才有了头绪；系统的发掘却迟到一八六〇年。到现在这座城大半都出来了；工作还继续着。

滂卑的文化很高，从道路、建筑、壁画、雕刻、器皿等都可看出。后三样大部分陈列在奈波里国家博物院中；去滂卑的人最好先到那里看看。但是这种文化大体从希腊输入，罗马人自己的极少。当时罗马的将领打过了好些个胜仗，闲着没事，便风雅起来，搜罗希腊的艺术品，装饰自己的屋子。这些东西有的是打仗时抢来的，有的是买的。古语说得好："上有好者，下必有甚焉者。"这种美术的嗜好渐渐成了风气。那时罗马人有的是钱；希腊人却穷了，乐得有这班好主顾。"物聚于所好"，滂卑还只是第三等的城市，大户人家陈设的美术品已经像一所不寒尘的博物院，别的大城可想而知。

　　滂卑沿海，当时与希腊交通，也是个商业的城市，人民是很富裕的。他们的生活非常奢靡，正合"饱暖思淫欲"一句话。滂卑的淫风似乎甚盛。他们崇拜男根，相信可以给人好运气，倒不像后世人作不净想。街上走，常见墙上横安着黑的男根；器具也常以此为饰。有一所大住宅，是两个姓魏提的单身男子住的，保存得最好；里面一间小屋子，墙上满是春画，据说他们常从外面叫了女人到这里。院子里本有一座喷泉，泉水以小石像的男根为出口；这座像现在也藏在那间小屋中。廊下还有一幅壁画，画着一架天秤；左盘里是钱袋，一个人以他的男根放在右盘中，左盘便高起来了。可见滂卑人所重在彼而不在此。另有妓院一所，入门中间是穿堂，两边有小屋五间，每间有一张土床，床以外隙地便不多。穿堂墙上是春画；小屋内墙上间或刻着人名，据说这是游客的题名保荐，让他的朋友们看了，也选他的相好。

　　从来酒色连文，滂卑人在酒上也是极放纵的。只看到处是酒店，人家里多有藏酒的地窖子便知道了。滂卑的酒店有些像杭州绍兴一带的，酒垆与柜台都在门口，里面没有多少地方，来者大约都是喝"柜台酒"的。现在还可以见许多残破的酒坛和大大小小的酒甏，人家地窖里堆着的酒甏也不少。这些酒甏是黄土做的，长颈细腹尖底，样子灵巧，可是放不稳，不知当时如何安置。

上面说起魏提的住宅，是很讲究的。宅子高大，屋子也多；一所空阔的院子，周围是深深的走廊。廊下悬着石雕的面具；院中也放着许多雕像，中间是喷泉和鱼池。屋后还有花园。滂卑中上人家大概都有喷泉，鱼池与花园，大小称家之有无；喷泉与鱼池往往是分开的。水从山上用铅管引下来，办理得似乎不坏。魏提家的壁画颇多，墙壁用红色，粉刷得光润无比，和大理石差不多。画也精工美妙。饭厅里画着些各行手艺，仿佛宋人《懋迁图》的味儿。但做手艺的都是带翅子的小爱神，便不全是写实了。在红墙上画出一条黑带儿，在这条道儿上面再用鲜明的蓝黄等颜色作画，映照起来最好看；蓝色中渗一点粉，用来画衣裳与爱神的翅膀等，真是飘飘欲举。这种画分明仿希腊的壁雕，所以结构亭匀不乱。膳厅中画最多；黑带子是在墙下端，上面是一幅幅的并列着，却没有甚大的。膳厅中如何布置，已不可知。曾见别两家的是这样：中间一座长方的小石灰台子，红色，这便是桌子。围着是马蹄形的坐位，也是石灰砌的，颜色相同。近台子那一圈低些阔些，是坐的，后面狭狭的矮矮的四五层斜着上去，像是靠背用的，最上层便又阔了。但那两家规模小，魏提家当然要阔些。至于地用嵌石铺，是在意中的。这些屋子要的银器铜器玻璃器等与壁画雕像大部分保存在奈波里；还有涂上石灰的尸首及已化炭的面包和谷类，都是城陷时的东西。

滂卑人是会享福的，他们的浴场造得很好。冷热浴蒸气浴都有；场中存衣柜，每个浴客一个，他们可以舒舒服服地放心洗澡去。场宽阔高大，墙上和圆顶上满是画。屋顶正中开一个大圆窗子，光从这里下来，雨也从这里下来；但他们不在乎雨，场里面反正是湿的。有一处浴场对门便是饭馆，洗完澡，就上这儿吃点儿喝点儿，真"美"啊。滂卑城并不算大，却有三个戏园子。大剧场为最，能容两万人，大约不常用，现在还算完好。常用的两个比较小些，已颓毁不堪；一个据说有顶，是夜晚用的，一个无顶，是白天用的。城中有好几个市场，是公众买卖与娱乐的地方；法庭庙宇都在其中；现在却只见几片长方的荒场和一些破地断柱而已。

　　街市中除酒店外，别种店铺的遗迹也还不少。曾走过一家药店，架子上还零乱地放着些玻璃瓶儿；又走过一家饼店，五个烘饼的小砖炉也还好好的。街旁常见水槽；槽里的水是给马喝的，上面另有一个管子，行人可以就着喝。喝时须以一只手按着槽边，翻过身仰起脸来。这个姿势也许好看，舒服是并不的。日子多了，槽边经人按手的地方凹了下去，磨得光滑滑的。街路用大石铺成，也还平整宽舒；中间常有三大块或两大块椭圆的平石分开放着，是为上下马车用的。车有两轮，恰好从石头空处过去。街道是直的，与后世取曲势的不同。虽然一望到头，可是衬着两旁一排排的距离相似高低相仿的颓垣断户，倒仿佛无穷无尽似的。从整齐划一中见伟大，正是古罗马人的长处。

莱茵河

莱茵河（The Rhine）发源于瑞士阿尔卑斯山中，穿过德国东部，流入北海，长约二千五百里。分上中下三部分。从马恩斯（Mayence, Mains）到哥龙（Cologne）算是"中莱茵"；游莱茵河的都走这一段儿。天然风景并不异乎寻常地好；古迹可异乎寻常地多。尤其是马恩斯与考勃伦兹（Cobolenz）之间，两岸山上布满了旧时的堡垒，高高下下的，错错落落的，斑斑驳驳的：有些已经残破，有些还完好无恙。这中间住过英雄，住过盗贼，或据险自豪，或纵横驰骋，也曾热闹过一番。现在却无精打采，任凭日晒风吹，一声儿不响。坐在轮船上两边看，那些古色古香各种各样的堡垒历历地从眼前过去；仿佛自己已经跳出了这个时代而在那些堡垒里过着无拘无束的日子。游这一段儿，火车却不如轮船：朝日不如残阳，晴天不如阴天，阴天不如月夜——月夜，再加上几点儿萤火，一闪一闪地在寻觅荒草里的幽灵似的。最好还得爬上山去，在堡垒内外徘徊徘徊。

这一带不但史迹多，传说也多。最凄艳的自然是脍炙人口的声闻岩头的仙女了。声闻岩在河东岸，高四百三十英尺，一大片暗淡的悬岩，嶙嶙峋峋的；河到岩南，向东拐个小湾，这里有顶大的回声，岩因此得名。相传往日岩头有个仙女美极，终日歌唱不绝。一个船夫傍晚行船，走过岩下。听见她的歌声，仰头一看，不觉忘其所以，连船带人都撞碎在岩上。后来又死了一位伯爵的儿子。这可闯下大祸来了。伯爵派兵遣将，给儿子报仇。他们打算捉住她，锁起来，从岩顶直摔下河里去。但是她不愿死在他们手里，她呼唤莱茵母亲来接她；河里果然白浪翻腾，她便跳到浪里。从此声闻岩下听不见歌声，看不见倩影，只剩晚霞在岩头明灭①。德国大诗人海涅有诗咏此事；此事传播之广，这篇诗也有关系的。友人淦克超先生曾译第一章云：

> 传闻旧低徊，我心何悒悒。两峰隐夕阳，莱茵流不息。峰际一美人，灿然金发明，清歌时一曲，馀音响入云。凝听复凝望，舟子忘所向，怪石耿中流，人与舟俱丧。

这座岩现在是已穿了隧道通火车了。

哥龙在莱茵河西岸，是莱茵区最大的城，在全德国数第三。从甲板上看教堂的钟楼与尖塔这儿那儿都是的。虽然多么繁华一座商业城，却不大有俗尘扑到脸上。英国诗人柯勒列治说：

> 人知莱茵河，洗净哥龙市；水仙你告我，今有何神力，洗净莱茵水？

---

① 据朱绍华先生《莱茵纪游》，看《行云流水》。

　　那些楼与塔镇压着尘土，不让飞扬起来，与莱茵河的洗刷是异曲同工的。哥龙的大教堂是哥龙的荣耀；单凭这个，哥龙便不死了。这是戈昔式，是世界上最宏大的戈昔式教堂之一。建筑在一二四八年，到一八八〇年才全部落成。欧洲教堂往往如此，大约总是钱不够之故。教堂门墙伟丽，尖拱和直棱，特意繁密，又雕了些小花、小动物和圣经人物，零星点缀着；近前细看，其精工真令人惊叹。门墙上两尖塔，高五百十五英尺，直入云霄。戈昔式要的是高而灵巧，让灵魂容易上通于天。这也是月光里看好。淡蓝的天干干净净的，只有两条尖尖的影子映在上面；像是人天仅有的通路，又像是人类祈祷的一双胳膊。森严肃穆，不说一字，抵得千言万语。教堂里非常宽大，顶高一百六十英尺。大石柱一行行的，高的一百四十八英尺，低的也六十英尺，都可合抱；在里面走，就像在大森林里，和世界隔绝。尖塔可以上去，玲珑剔透，有凌云之势。塔下通回廊。廊中向下看教堂里，觉得别人小得可怜，自己高得可怪，真是颠倒梦想。

（以上选自《欧游杂记》）

三家书店

伦敦卖旧书的铺子，集中在切林克拉斯路（Charing Cross Road）；那是热闹地方，顶容易找。路不宽，也不长，只这么弯弯的一段儿；两旁不短的是书，玻璃窗里齐整整排着的，门口摊儿上乱烘烘摆着的，都有。加上那徘徊在窗前的，围绕着摊儿的，看书的人。到处显得拥拥挤挤，看过去路便更窄了。摊儿上看最痛快，随你翻，用不着"劳驾""多谢"；可是让风吹日晒的到底没什么好书，要看好的还得进铺子去。进去了有时也可随便看，随便翻，但用得着"劳驾""多谢"的时候也有；不过爱买不买，决不至于遭白眼。说是旧书，新书可也有的是；只是来者多数为的旧书罢了。

最大的一家要算福也尔（Foyle），在路西；新旧大楼隔着一道小街相对着，共占七号门牌，都是四层，旧大楼还带地下室——可并不是地窖子。店里按着书的性质分二十五部；地下室里满是旧文学书。这爿店二十八年前本是一家小铺子，只用了一个店员；现在店员差不多到了二百人，藏书到了二百万种，伦敦的《晨报》称为"世界最大的新旧书店"。两边店门口也摆着书摊儿，可是比别家的大。我的一本《袖珍欧洲指南》，就在这儿从那穿了满染着书尘的工作衣的店员手里，用半价买到的。在摊儿上翻书的时候，往往看不见店员的影子；等到选好了书四面找他，他却从不知哪一个角落里钻出来了。但最值得流连的还是那间地下室；那儿有好多排书架子，地上还东一堆西一堆的。乍进去，好像掉在书海里；慢慢地才找出道儿来。屋里不够亮，土又多，离窗户远些的地方，白日也得开灯。可是看得自在；他们是早七点到晚九点，你待个几点钟不在乎，一天去几趟也不在乎。只有一件，不可着急。你得像逛庙会逛小市那样，一半玩儿，一半当真，翻翻看看，看看翻翻；也许好几回碰不见一本合意的书，也许霎时间到手了不止一本。

开铺子少不了生意经，福也尔的却颇高雅。他们在旧大楼的四层上留出一间美术馆，不时地展览一些画。去看不花钱，还送展览目录；目录后面印着几行字，告诉你要买美术书可到馆旁艺术部去。展览的画也并不坏，有卖的，有不卖的。他们又常在馆里举行演讲会，讲的人和主席的人当中，不缺少知名的。听讲也不用花钱；只每季的演讲程序表下，"恭请你注意组织演讲会的福也尔书店"。还有所谓文学午餐会，记得也在馆里。他们请一两个小名人做主角，随便谁，纳了餐费便可加入，英国的午餐很简单，费不会多。假使有闲工夫，去领略领略那名隽的谈吐，倒也值得的。不过去的却并不怎样多。

牛津街是伦敦的东西通衢，繁华无比，街上呢绒店最多；但也有一家大书铺，叫做彭勃思（Bumpus）的便是。这铺子开设于一七九〇年左右，原在别处；一八五〇年在牛津街开了一个分店，十九世纪末便全挪到那边去了，维多利亚时代，店主多马斯·彭勃思很通声气，来往的有迭更斯、兰姆、麦考莱、威治威斯等人；铺子就在这时候出了名。店后本连着旧法院，有看守所，守卫室等，十几年来都让店里给买下了。这点古迹增加了人对于书店的趣味。法院的会议圆厅现在专作书籍展览会之用；守卫室陈列插画的书，看守所变成新书的货栈。但当日的光景还可从一些画里看出：如十八世纪罗兰生（Rowlandson）所画守卫室内部，是晚上各守卫提了灯准备去查监的情形，瞧着很忙碌的样子。再有一个图，画的是一七二九的一个守卫，神气够凶的。看守所也有一幅图，砖砌的一重重大拱门，石板铺的地，看守室的厚木板门严严锁着，只留下一个小方窗，还用十字形的铁条界着；真是铜墙铁壁，插翅也飞不出去。

这家铺子是五层大楼，却没有福也尔家地方大。下层卖新书，三楼卖儿童画、外国书，四楼五楼卖廉价书；二楼卖绝版书、难得的本子、精装的新书，还有《圣经》、祈祷书、书影等等，似乎是菁华所在。他们有初印本，精印本，著者白印本，著者签字本等目录，搜罗甚博，福也尔家所不及。新书用小牛皮或摩洛哥皮（山羊皮——羊皮也可仿制）装订，烫上金色或别种颜色的立体派图案；稀疏的几条平直线或弧线，还有"点儿"，错综着配置，透出干净、利落、平静、显豁，看了心目清朗。装订的书，数这儿讲究，别家书店里少见。书影是仿中世纪的钞本的一叶，大抵是祷文之类。中世纪钞本用黑色花体字，文首第一字母和叶旁空处，常用蓝色金色画上各样花饰，典丽矞皇，穷极工巧，而又经久不变；仿本自然说不上这些，只取其也有一点古色古香罢了。

一九三一年里，这铺子举行过两回展览会，一回是剑桥书籍展览，一回是近代插图书籍展览，都在那"会议厅"里。重要的自然是第一回。牛津剑桥是英国最著名的大学；各有印刷所，也都著名。这里从前展览过牛津书籍，现在再展览剑桥的，可谓无遗憾了，这一年是剑桥目下的辟特印刷所（The Pitt Press）奠基百年纪念，展览会便为的祝这个。展览会由鼎鼎大名的斯密兹将军（General Smuts）开幕，到者有科学家詹姆士·金斯（James Jeans），亚特·爱丁顿（Arthur Eddington），还有别的人。展览分两部，现在出版的书约莫四千册是一类；另一类是历史部分。剑桥的书字型清晰，墨色匀称，行款合式，书扉和书衣上最见工夫；尤其擅长的是算学书、专门的科学书。这两种书需要极精密的技巧，极仔细的校对；剑桥是第一把手。但是这些东西，还有他们印的那些冷僻的外国语书，都卖得少，赚不了钱。除了是大学印刷所，别家大概很少愿意承印。剑桥又承印《圣经》，英国准印《圣经》的只剑桥牛津和王家印刷人。斯密兹说剑桥就靠《圣经》和教科书赚钱。可是《泰晤士报》社论中说现在印《圣经》的责任重大，认真地考究地印，也只能够本罢了。——一五八八年英国最早的《圣经》便是由剑桥承印的。

英国印第一本书，出于伦敦威廉·甲克司登（William Caxton）之手，那是一四七七年。到了一五二一，约翰·席勃齐（John Siberch）来到剑桥，一年内印了八本书；剑桥印刷

事业才创始。八年之后，大学方面因为有一家书纸店与异端的
新教派勾结，怕他们利用书籍宣传，便呈请政府，求英王核准
在剑桥只许有三家书铺，让他们宣誓不卖未经大学检查员审定
的书。那时英王是亨利第八；一五三四年颁给他们敕书，授权
他们选三家书纸店兼印刷人，或书铺，"印行大学校长或他的
代理人等所审定的各种书籍"。这便是剑桥印书的法律根据。
不过直到一五八三年，他们才真正印起书来。那时伦敦各家书
纸店有印书的专利权，任意抬高价钱。他们妒忌剑桥印书，更
恨的是卖得贱。恰好一六二〇年剑桥翻印了他们一本文法书，
他们就在法庭告了一状。剑桥师生老早不乐意他们抬价钱，这
一来更愤愤不平；大学副校长第二年乘英王詹姆士第一上新市
场去，半路上就递上一件呈子，附了一个比较价目表。这样小
题大做，真有些书呆子气。王和诸大臣商议了一下，批道，我
们现在事情很多，没工夫讨论大学与诸家书纸店的权益；但准
大学印刷人出售那些文法书，以救济他的支绌。这算是碰了个
软钉子，可也算是胜利。那呈子，那批，和上文说的那本《圣
经》都在这一回展览中。席勃齐印的八本书也有两种在这里。
此外还有一六二九年初印的定本《圣经》，书扉雕刻繁细，手
艺精工之极。又密尔顿《力息达斯》（Lycidas）的初本也在展
览着，那是经他亲手校改过的。

　　近代插图书籍展览，在圣诞节前不久，大约是让做父母的
给孩子们多买点节礼吧。但在一个外国人，却也值得看看。展
览的是七十年来的作品，虽没有什么系统，在这里却可以找着
各种美，各种趋势。插图与装饰画不一样，得吟味原书的文

字，透出自己的机锋。心要灵，手要熟，二者不可缺一。或实写，或想象，因原书情境、画人性习而异。——童话的插图却只得凭空着笔，想象更自由些；在不自由的成人看来，也许别有一种滋味。看过赵译《阿丽思漫游奇境记》里谭尼尔（John Tenniel）的插画的，当会有同感吧。——所展览的，幽默、秀美、粗豪、典重，各擅胜场，琳琅满目；有人称为"视觉的音乐"，颇为近之。最有味的，同一作家，各家插画所表现的却大不相同。譬如莪默·伽亚谟（Omar Khayyam），莎士比亚，几乎在一个人手里一个样子；展览会里书多，比较着看方便，可以扩充眼界。插图有"黑白"的，有彩色的；"黑白"的多，为的省事省钱。就黑白画而论，从前是雕版，后来是照相；照相虽然精细，可是失掉了那种生力，只要拿原稿对看就会觉出。这儿也展览原稿，或是灰笔画，或是水彩画；不但可以"对看"，也可以让那些艺术家更和我们接近些。《观察报》记者记这回展览会，说插图的书，字往往印得特别大，意在和谐；却实在不便看。他主张书与图分开，字还照寻常大小印。他自然指大本子而言。但那种"和谐"其实也可爱；若说不便，这种书原是让你慢慢玩赏的，哪能像读报一样目下数行呢。再说，将配好了的对儿生生拆开，不但大小不称，怕还要多花钱。

诗籍铺（The Poetry Bookshop）真是米米小，在一个大地方的一道小街上。"叫名"街，实在一条小胡同吧。门前不大见车马不说，就是行人，一天也只寥寥几个。那道街斜对着无人不知的大英博物院；街口钉着小小的一块字号木牌。初次去时，人家教在博物院左近找。问院门口守卫，他不知道有这个铺子，问路上戴着常礼帽的老者，他想没有这么一个铺子；好容易才找着那块小木牌，真是"远在天边，近在眼前"。这铺子从前在另一处，那才冷僻，连斐芗克的地图上都没名字，据说那儿是一所老宅子，才真够诗味。挪到现在这样平常的地带，未免太可惜。那时候美国游客常去，一个原因许是美国看不见那样老宅子。

诗人赫洛德·孟罗（Harold Monro）一九一二年创办了这片诗籍铺。用意在让诗与社会发生点切实的关系。孟罗是二十多年来伦敦文学生涯里一个要紧角色。从一九一一给诗社办《诗刊》（*Poetry Review*）起知名。在第一期里，他说，"诗与人生的关系得再认真讨论，用于别种艺术的标准也该用于诗。"他觉得能做诗的该做诗，有困难时该帮助他，让他能做下去；一般人也该念诗，受用诗。为了前一件，他要自办杂志，为了后一件，他要办读诗会：为了这两件，他办了诗籍铺。这铺子印行过《乔治诗选》（*Georgian Poetry*），乔治是现在英王的名字，意思就是《当代诗选》，所收的都是代表作家。第一册出版，一时风靡，买诗念诗的都多了起来；社会确乎大受影响。诗选共五册；出第五册时在一九二二，那时乔治诗人的诗兴却渐渐衰了。一九一九到二五年，铺子里又印行"市本"月刊（chapbook），登载诗歌、评论、木刻等，颇多新进作家。

读诗会也在铺子里；星期四晚上准六点钟起，在一间小楼上。一年中也有些时候定好了没有。从创始以来，差不多没有间断过。前前后后著名的诗人几乎都在这儿读过诗：他们自己的诗，或他们喜欢的诗。入场券六便士，在英国算贱，合四五毛钱。在伦敦的时候，也去过两回。那时孟罗病了，不大能问事，铺子里颇为黯淡。两回都是他夫人爱立达·克莱曼答斯基（Alida Klementaski）读，说是找不着别人。那间小楼也容得下四五十位子，两回去，人都不少，第二回满了座。而且几乎都是女人——还有挨着墙站着听的。屋内只读诗的人小桌上一盏蓝罩子的桌灯亮着，幽幽的。她读济兹和别人的诗，读得很好，口齿既清楚，又有顿挫，内行说，能表出原诗的情味。英国诗有两种读法，将每个重音咬得清清楚楚，顿挫的地方用力，和说话的调子不相像，约翰·德林瓦特（John Drinkwater）便主张这一种。他说，读诗若用说话的调子，太随便，诗会跑了。但是参用一点儿，像克莱曼答斯基女士那样，也似乎自然流利，别有味道。这怕要看什么样的诗，什么样的读诗人，不可一概而论。但英国读诗：除不吟而诵，与中国根本不同之外，还有一件：他们按着文气停顿，不按着行，也不一定按着韵脚。这因为他们的诗以轻重为节奏，文句组织又不同，往往一句跨两行三行，却非作一句读不可，韵脚便只得轻轻地滑过去。读诗是一种才能，但也需要训练；他们注重这个，训练的机会多，所以是诗人都能来一手。

铺子在楼下，只一间，可是和读诗那座楼远隔着一条甬道。屋子有点黑，四壁是书架，中间桌上放着些诗歌篇子（Sheets）、木刻画。篇子有宽长两种，印着诗歌，加上些零星的彩书，是给大人和孩子玩儿的。跨角儿上一张小账桌，坐着一个戴近视眼镜的、和蔼可亲的、圆脸的中年妇人。桌前装着火炉，炉旁蹲着一只大白狮子猫，和女人一样胖。有时也遇见克莱曼答斯基女士，匆匆地来匆匆地去。孟罗死在一九三二年三月十五日。第二天晚上到铺子里去，看见两个年轻人在和那女人司账说话；说到诗，说到人生，都是哀悼孟罗的。话音很悲伤，却如清泉流泻，差不多句句像诗；女司账说不出什么，唯唯而已。孟罗在日最尽力于诗人文人的结合，他老让各色的才人聚在一块儿。又好客，家里炉旁（英国终年有用火炉的时候）常有许多人聚谈，到深夜才去。这两位青年的伤感不是偶然的。他的铺子可是赚不了钱；死后由他夫人接手，勉强张罗，现在许还开着。

房东太太

歇卜士太太（Mrs. Hibbs）没有来过中国，也并不怎样喜欢中国，可是我们看，她有中国那老味儿。她说人家笑她母女是维多利亚时代的人，那是老古板的意思；但她承认她们是的，她不在乎这个。

真的，圣诞节下午到了她那间黯淡的饭厅里，那家具，那人物，那谈话，都是古气盎然，不像在现代。这时候她还住在伦敦北郊芬乞来路（Finchley Road）。那是一条阔人家的路；可是她的房子已经抵押满期，经理人已经在她门口路边上立了一座木牌，标价召买，不过半年多还没人过问罢了。那座木牌和篮球架子差不多大，只是低些，一走到门前，准看见。晚餐桌上，听见厨房里尖叫了一声，她忙去看了，回来说，火鸡烤枯了一点，可惜，二十二磅重，还是卖了几件家具买的呢。她可惜的是火鸡，倒不是家具；但我们一点没吃着那烤枯了的地方。

她爱说话，也会说话，一开口滔滔不绝；押房子、卖家具等等，都会告诉你。但是只高高兴兴的告诉你，至少也平平淡淡的告诉你，决不垂头丧气，决不咳声叹气。她说话是个趣味，我们听话也是个趣味（在她的话里，她死了的丈夫和儿子都是活的，她的一些住客也是活的）；所以后来虽然听了四个多月，倒并不觉得厌倦。有一回早餐时候，她说有一首诗，忘记是谁的，可以作她的墓铭，诗云：

> 这儿一个可怜的女人，
>
> 她在世永没有住过嘴。
>
> 上帝说她会复活，
>
> 我们希望她永不会。

其实我们倒是希望她会的。

道地的贤妻良母，她是；这里可以看见中国那老味儿。她原是个阔小姐，从小送到比利时受教育，学法文，学钢琴。钢琴大约还熟，法文可生疏了。她说街上如有法国人向她问话，她想起答话的时候，那人怕已经拐了弯儿了。结婚时得着她姑母一大笔遗产；靠着这笔遗产，她支持了这个家庭二十多年。歇卜士先生在剑桥大学毕业，一心想作诗人，成天住在云里雾里。他二十年只在家里待着，偶然教几个学生。他的诗送到剑桥的刊物上去，原稿却寄回了，附着一封客气的信。他又自己花钱印了一小本诗集，封面上注明，希望出版家采纳印行，但是并没有什么回响。太太常劝先生删诗行，譬如说，四行中可以删去三行罢，但是他不肯割爱，于是乎只好敝帚自珍了。

歇卜士先生却会说好几国话。大战后太太带了先生小姐，还有一个朋友去逛意大利；住旅馆雇船等等，全交给诗人的先生办，因为他会说意大利话。幸而没出错儿。临上火车，到了站台上，他却不见了。眼见车就要开了，太太这一急非同小可，又不会说给别人，只好教小姐去张看，却不许她远走。好容易先生钻出来了，从从容容的，原来他上"更衣室"来着。

太太最伤心她的儿子。他也是大学生，长的一表人才。大战时去从军；训练的时候偶然回家，非常爱惜那庄严的制服，从不教它有一个折儿。大战快完的时候，却来了恶消息，他尽了他的职务了。太太最伤心的是这个时候的这种消息；她在举世庆祝休战声中，迷迷糊糊过了好些日子。后来逛意大利，便是解闷儿去的。她那时甚至于该领的恤金，无心也不忍去领——等到限期已过，即使要领，可也不成了。

小姐现在是她唯一的亲人；她就为这个女孩子活着。早晨一块儿拾掇拾掇屋子，吃完了早饭，一块儿上街散步，回来便坐在饭厅里，说说话，看看通俗小说，就过了一天。晚上睡在一屋里。一星期也同出去看一两回电影。小姐大约有二十四五了，高个儿，总在五英尺十寸左右；蟹壳睑，露牙齿，脸上倒是和和气气的。爱笑，说话也天真得像个十二三岁小姑娘。先生死后，他的学生爱利斯（Ellis）很爱歇卜士太太，几次想和她结婚，她不肯。爱利斯是个传记家，有点小名气。那回诗人德拉梅在伦敦大学院讲文学的创造，曾经提到他的书。他很高兴，在歇卜士太太晚餐桌上特意说起这个。但是太太说他的书干燥无味，他送来，她们只翻了三五页就撇在一边儿了。她说最恨猫怕狗，连画上印的狗都怕，爱利斯却养着一大堆。她女儿最爱电影，爱利斯却瞧不起电影。她的不嫁，怎么穷也不嫁，一半为了女儿。

这房子招徕住客，远在歇卜士先生在世时候，那时只收一

个人，每日供早晚两餐，连宿费每星期五镑钱，合八九十元，
够贵的。广告登出了，第一个来的是日本人，他们答应下了。
第二天又来了个西班牙人，却只好谢绝了。从此住这所房的总
是日本人多；先生死了，住客多了，后来竟有"日本房"的
名字。这些日本人有一两个在外边有女人，有一个还让女人骗
了，他们都回来在饭桌上报告，太太也同情地听着。有一回，
一个人忽然在饭桌上谈论自由恋爱，而且似乎是冲着小姐说
的。这一来太太可动了气。饭后就告诉那个人，请他另外找房
住。这个人走了，可是日本人有个俱乐部，他大约在俱乐部里
报告了些什么，以后日本人来住的便越过越少了。房间老是空
着，太太的积蓄早完了；还只能在房子上打主意，这才抵押了
出去。那时自然盼望赎回来，可是日子一天一天过去。情形并
不见好。房子终于标卖，而且圣诞节后不久，便卖给一个犹太
人了。她想着年头不景气，房子且没人要呢，哪知犹太人到底
有钱，竟要了去，经理人限期让房。快到期了，她直说来不
及。经理人又向法院告诉，法院出传票教她去。她去了，女儿
搀扶着；她从来没上过堂，法官说欠钱不让房，是要坐牢的。
她又气又怕，几乎昏倒在堂上；结果只得答应了加紧找房。这
种种也都是为了女儿，她可一点儿不悔。

　　她家里先后也住过一个意大利人，一个西班牙人，都和小
姐做过爱；那西班牙人并且和小姐定过婚，后来不知怎样解了
约。小姐倒还惦着他，说是"身架真好看"！太太却说，"那是
个坏家伙"！后来似乎还有个"坏家伙"，那是太太搬到金树台
的房子里才来住的。他是英国人，叫凯德，四十多了。先是作

公司兜售员，沿门兜售电气扫除器为生。有一天撞到太太旧宅里去了，他要表演扫除器给太太看，太太拦住他，说不必，她没有钱；她正要卖一批家具，老卖不出去，烦着呢。凯德说可以介绍一家公司来买；那一晚太太很高兴，想着他定是个大学毕业生。没两天，果然介绍了一家公司，将家具买去了。他本来住在他姐姐家，却搬到太太家来了。他没有薪水，全靠兜售的佣金；而电气扫除器那东西价钱很大，不容易脱手。所以便干搁起来了。这个人只是个买卖人，不是大学毕业生。大约穷了不止一天，他有个太太，在法国给人家看孩子，没钱，接不回来；住在姐姐家，也因为穷，让人家给请出来了。搬到金树台来，起初整付了一回房饭钱，后来便零碎地半欠半付，后来索性付不出了。不但不付钱，有时连午饭也要叨光。如是者两个多月，太太只将他赶了出去。回国后接着太太的信，才知道小姐却有点喜欢凯德这个"坏蛋"，大约还跟他来往着。太太最提心这件事，小姐是她的命，她的命决不能交在一个"坏蛋"手里。

小姐在芬乞来路时，教着一个日本太太英文。那时这位日本太太似乎非常关心歇卜士家住着的日本先生们，老是问这个问那个的；见了他们，也很亲热似的。歇卜士太太瞧着不大顺眼，她想着这女人有点儿轻狂。凯德的外甥女有一回来了，一个摩登少女。她照例将手绢掖在袜带子上，去拿出来用时，让太太看在眼里。后来背地里议论道，"这多不雅相"，太太在小事情上是很敏锐的。有一晚，那爱尔兰女仆端菜到饭厅，没有戴白帽沿儿。太太很不高兴，告诉我们，这个侮辱了主人，也侮辱了客人。但那女仆是个社会主义的贪婪的人，也许匆忙中没想起戴帽沿儿；压根儿她怕就觉得戴不戴都是无所谓的。记得那回这女仆带了男朋友到金树台来，是个失业的工人。当时刚搬了家，好些零碎事正得一个人。太太便让这工人帮帮忙，每天给点钱。这原是一举两得，各厢情愿的。不料女仆却当面说太太揩了穷小子的油。太太听说，简直有点莫名其妙。

太太不上教堂去，可是迷信。她虽是新教徒，可是有一回丢了东西，却照人家传给的法子，在家点上一枝蜡，一条腿跪着，口诵安东尼圣名，说是这么着东西就出来了。拜圣者是旧教的花样，她却不管。每回做梦，早餐时总翻翻占梦书。她有三本占梦书，有时她笑自己，三本书说的都不一样，甚至还相反呢。喝碗茶，碗里的茶叶，她也爱看；看像什么字头，便知是姓什么的来了。她并不盼望访客，她是在盼望住客啊。到金树台时，前任房东太太介绍一位英国住客继续住下。但这位年老的住客却嫌客人太少，女客更少，又嫌饭桌上没有笑，没有笑话；只看歇卜士太太的独角戏，老母亲似的唠唠叨叨，总是那一套。他终于托故走了，搬到别处去了。我们不久也离开英国，房子于是乎空空的。去年接到歇卜士太太来信，她和女儿已经作了人家管家老妈了；"维多利亚时代"的上流妇人，这世界已经不是她的了。

（以上选自《伦敦杂记》）

白种人——上帝的骄子！

去年暑假到上海，在一路电车的头等里，见一个大西洋人带着一个小西洋人，相并地坐着。我不能确说他俩是英国人或美国人；我只猜他们是父与子。那小西洋人，那白种的孩子，不过十一二岁光景，看去是个可爱的小孩，引我久长的注意。他戴着平顶硬草帽，帽檐下端正地露着长圆的小脸。白中透红的面颊，眼睛上有着金黄的长睫毛，显出和平与秀美。我向来有种癖气：见了有趣的小孩，总想和他亲热，做好同伴；若不能亲热，便随时亲近亲近也好。在高等小学时，附设的初等里，有一个养着乌黑的西发的刘君，真是依人的小鸟一般；牵着他的手问他的话时，他只静静地微仰着头，小声儿回答——我不常看见他的笑容，他的脸老是那么幽静和真诚，皮下却烧着亲热的火把。我屡次让他到我家来，他总不肯；后来两年不见，他便死了。我不能忘记他！我牵过他的小手，又摸过他的圆下巴。但若遇着陌生的小孩，我自然不能这么做，那可有些窘了；不过也不要紧，我可用我的眼睛看他——一回，两回，十回，几十回！孩子大概不很注意人的眼睛，所以尽可自由地看，和看女人要遮遮掩掩的不同。我凝视过许多初会面的孩子，他们都不曾向我抗议；至多拉着同在的母亲的手，或倚着她的膝头，将眼看她两看罢了，所以我胆子很大。这回在电车里又发了老癖气，我两次三番地看那白种的孩子，小西洋人！

初时他不注意或者不理会我，让我自由地看他。但看了不几回，那父亲站起来了，儿子也站起来了，他们将到站了。这时意外的事来了。那小西洋人本坐在我的对面；走近我时，突然将脸尽力地伸过来了，两只蓝眼睛大大地睁着，那好看的睫毛已看不见了；两颊的红也已褪了不少了。和平、秀美的脸一变而为粗俗、凶恶的脸了！他的眼睛里有话："咄！黄种人，黄种的支那人，你——你看吧！你配看我！"他已失了天真的稚气，脸上满布着横秋的老气了！我因此宁愿称他为"小西洋人"。他伸着脸向我足有两秒钟；电车停了，这才胜利地掉过头，牵着那大西洋人的手走了。大西洋人比儿子似乎要高出一半；这时正注目窗外，不曾看见下面的事。儿子也不去告诉他，只独断独行地伸他的脸；伸了脸之后，便又若无其事的，始终不发一言——在沉默中得着胜利，凯旋而去。不用说，这在我自然是一种袭击，"出其不意，攻其不备"的袭击！

这突然的袭击使我张皇失措；我的心空虚了，四面的压迫很严重，使我呼吸不能自由。我曾在 N 城的一座桥上，遇见一个女人；我偶然地看她时，她却垂下了长长的黑睫毛，露出老练和鄙夷的神色。那时我也感着压迫和空虚，但比起这一次，就稀薄多了：我在那小西洋人两颗枪弹似的眼光之下，茫然地觉着有被吞食的危险，于是身子不知不觉地缩小——大有在奇境中的阿丽思的劲儿！我木木然目送那父与子下了电车，在马

路上开步走；那小西洋人竟未一回头，断然地去了。我这时有
了迫切的国家之感！我做着黄种的中国人，而现在还是白种人
的世界，他们的骄傲与践踏当然会来的；我所以张皇失措而觉
着恐怖者，因为那骄傲我的，践踏我的，不是别人，只是一个
十来岁的"白种的"孩子，竟是一个十来岁的白种的"孩
子"！我向来总觉得孩子应该是世界的，不应该是一种、一国、
一乡、一家的。我因此不能容忍中国的孩子叫西洋人为"洋鬼
子"。但这个十来岁的白种的孩子，竟已被揿入人种与国家的
两种定型里了。他已懂得凭着人种的优势和国家的强力，伸着
脸袭击我了。这一次袭击实是许多次袭击的小影，他的脸上便
缩印着一部中国的外交史。他之来上海，或无多日，或已长
久，耳濡目染，他的父亲、亲长、先生、父执，乃至同国、同
种，都以骄傲践踏对付中国人；而他的读物也推波助澜，将中
国编排得一无是处，以长他自己的威风。所以他向我伸脸，决
非偶然而已。

　　这是袭击，也是侮蔑，大大的侮蔑！我因了自尊，一面感
着空虚，一面却又感着愤怒；于是有了迫切的国家之念。我要
诅咒这小小的人！但我立刻恐怖起来了：这到底只是十来岁的
孩子呢，却已被传统所埋葬；我们所日夜想望着的"赤子之
心"，世界之世界（非某种人的世界，更非某国人的世界！），
眼见得在正来的一代，还是毫无信息的！这是你的损失，我的
损失，他的损失，世界的损失；虽然是怎样渺小的一个孩子！
但这孩子却也有可敬的地方：他的从容，他的沉默，他的独断
独行，他的一去不回头，都是力的表现，都是强者适者的表

现。决不婆婆妈妈的，决不黏黏搭搭的，一针见血，一刀两断，这正是白种人之所以为白种人。

我真是一个矛盾的人。无论如何，我们最要紧的还是看看自己，看看自己的孩子！谁也是上帝之骄子；这和昔日的王侯将相一样，是没有种的！

一九二五年，六月十九夜。

背　影

我与父亲不相见已二年馀了，我最不能忘记的是他的背影。那年冬天，祖母死了，父亲的差使也交卸了，正是祸不单行的日子，我从北京到徐州，打算跟着父亲奔丧回家。到徐州见着父亲，看见满院狼藉的东西，又想起祖母，不禁簌簌地流下眼泪。父亲说，"事已如此，不必难过，好在天无绝人之路！"

回家变卖典质，父亲还了亏空；又借钱办了丧事。这些日子，家中光景很是惨淡，一半为了丧事，一半为了父亲赋闲。丧事完毕，父亲要到南京谋事，我也要回北京念书，我们便同行。

到南京时，有朋友约去游逛，勾留了一日，第二日上午便须渡江到浦口，下午上车北去。父亲因为事忙，本已说定不送我，叫旅馆里一个熟识的茶房陪我同去。他再三嘱咐茶房，甚是仔细。但他终于不放心，怕茶房不妥帖；颇踌躇了一会。其实我那年已二十岁，北京已来往过两三次，是没有甚么要紧的了。他踌躇了一会，终于决定还是自己送我去。我两三回劝他不必去；他只说，"不要紧，他们去不好！"

我们过了江，进了车站。我买票，他忙着照看行李。行李太多了，得向脚夫行些小费，才可过去。他便又忙着和他们讲价钱。我那时真是聪明过分，总觉他说话不大漂亮，非自己插嘴不可。但他终于讲定了价钱；就送我上车。他给我拣定了靠车门的一张椅子，我将他给我做的紫毛大衣铺好坐位。他嘱我路上小心，夜里要警醒些，不要受凉。又嘱托茶房好好照应我。我心里暗笑他的迂；他们只认得钱，托他们直是白托！而且我这样大年纪的人，难道还不能料理自己么？唉，我现在想想，那时真是太聪明了！

　　我说道，"爸爸，你走吧。"他望车外看了看，说，"我买几个橘子去。你就在此地，不要走动。"我看那边月台的栅栏外有几个卖东西的等着顾客。走到那边月台，须穿过铁道，须跳下去又爬上去。父亲是一个胖子，走过去自然要费事些。我本来要去的，他不肯，只好让他去。我看见他戴着黑布小帽，穿着黑布大马褂，深青布棉袍，蹒跚地走到铁道边，慢慢探身下去，尚不大难。可是他穿过铁道，要爬上那边月台，就不容易了。他用两手攀着上面，两脚再向上缩；他肥胖的身子向左微倾，显出努力的样子。这时我看见他的背影，我的泪很快地流下来了。我赶紧拭干了泪，怕他看见，也怕别人看见。我再向外看时，他已抱了朱红的橘子往回走了。过铁道时，他先将橘子散放在地上，自己慢慢爬下，再抱起橘子走。到这边时，我赶紧去搀他。他和我走到车上，将橘子一股脑儿放在我的皮大衣上。于是扑扑衣上的泥土，心里很轻松似的，过一会说："我走了；到那边来信！"我望着他走出去。他走了几步，回过头看见我，说，"进去吧，里边没人。"等他的背影混入来来往往的人里，再找不着了，我便进来坐下，我的眼泪又来了。

　　近几年来，父亲和我都是东奔西走，家中光景是一日不如一日。他少年出外谋生，独力支持，做了许多大事。那知老境却如此颓唐！他触目伤怀，自然情不能自已。情郁于中，自然要发之于外；家庭琐屑便往往触他之怒。他待我渐渐不同往日。但最近两年的不见，他终于忘却我的不好，只是惦记着我，惦记着我的儿子。我北来后，他写了一信给我，信中说道，"我身体平安，惟膀子疼痛厉害，举箸提笔，诸多不便，大约大去之期不远矣。"我读到此处，在晶莹的泪光中，又看见那肥胖的，青布棉袍，黑布马褂的背影。唉！我不知何时再能与他相见！

　　　　　　　　　　　　　　　　一九二五年十月在北京。

荷塘月色

这几天心里颇不宁静。今晚在院子里坐着乘凉，忽然想起日日走过的荷塘，在这满月的光里，总该另有一番样子吧。月亮渐渐地升高了，墙外马路上孩子们的欢笑，已经听不见了，妻在屋里拍着闰儿，迷迷糊糊地哼着眠歌。我悄悄地披了大衫，带上门出去。

沿着荷塘，是一条曲折的小煤屑路。这是一条幽僻的路；白天也少人走，夜晚更加寂寞。荷塘四面，长着许多树，蓊蓊郁郁的。路的一旁，是些杨柳，和一些不知道名字的树。没有月光的晚上，这路上阴森森的，有些怕人。今晚却很好，虽然月光也还是淡淡的。

路上只我一个人，背着手踱着。这一片天地好像是我的；我也像超出了平常的自己，到了另一世界里。我爱热闹，也爱冷静；爱群居，也爱独处。像今晚上，一个人在这苍茫的月下，什么都可以想，什么都可以不想，便觉是个自由的人。白天里一定要做的事，一定要说的话，现在都可不理。这是独处的妙处；我且受用这无边的荷香月色好了。

曲曲折折的荷塘上面，弥望的是田田的叶子。叶子出水很高，像亭亭的舞女的裙。层层的叶子中间，零星地点缀着些白花，有袅娜地开着的，有羞涩地打着朵儿的；正如一粒粒的明珠，又如碧天里的星星，又如刚出浴的美人。微风过处，送来缕缕清香，仿佛远处高楼上渺茫的歌声似的。这时候叶子与花也有一丝的颤动，像闪电般，霎时传过荷塘的那边去了。叶子本是肩并肩密密地挨着，这便宛然有了一道凝碧的波痕。叶子底下是脉脉的流水，遮住了，不能见一些颜色；而叶子却更见风致了。

月光如流水一般，静静地泻在这一片叶子和花上。薄薄的青雾浮起在荷塘里，叶子和花仿佛在牛乳中洗过一样；又像笼着轻纱的梦。虽然是满月，天上却有一层淡淡的云，所以不能朗照；但我以为这恰是到了好处——酣眠固不可少，小睡也别有风味的。月光是隔了树照过来的，高处丛生的灌木，落下参差的斑驳的黑影，峭楞楞如鬼一般；弯弯的杨柳的稀疏的倩影，却又像是画在荷叶上。塘中的月色并不均匀；但光与影有着和谐的旋律，如梵婀玲上奏着的名曲。

荷塘的四面，远远近近，高高低低都是树，而杨柳最多。这些树将一片荷塘重重围住，只在小路一旁，漏着几段空隙，像是特为月光留下的。树色一例是阴阴的，乍看像一团烟雾；但杨柳的丰姿，便在烟雾里也辨得出。树梢上隐隐约约的是一带远山，只有些大意罢了。树缝里也漏着一两点路灯光，没精打采的，是渴睡人的眼。这时候最热闹的，要数树上的蝉声与水里的蛙声；但热闹是它们的，我什么也没有。

忽然想起采莲的事情来了。采莲是江南的旧俗，似乎很早就有，而六朝时为盛；从诗歌里可以约略知道。采莲的是少年的女子，她们是荡着小船，唱着艳歌去的。采莲人不用说很多，还有看采莲的人。那是一个热闹的季节，也是一个风流的季节。梁元帝《采莲赋》里说得好：

> 于是妖童媛女，荡舟心许：鹢首徐回，兼传羽杯；櫂将移而藻挂，船欲动而萍开。尔其纤腰束素，迁延顾步；夏始春馀，叶嫩花初，恐沾裳而浅笑，畏倾船而敛裾。

可见当时嬉游的光景了。这真是有趣的事，可惜我们现在早已无福消受了。

于是又记起《西洲曲》里的句子：

> 采莲南塘秋，莲花过人头；低头弄莲子，莲子清如水。

今晚若有采莲人，这儿的莲花也算得"过人头"了；只不见一些流水的影子，是不行的。这令我到底惦着江南了。——这样想着，猛一抬头，不觉已是自己的门前；轻轻地推门进去，什么声息也没有，妻已睡熟好久了。

一九二七年，七月，北京清华园。

儿 女

　　我现在已是五个儿女的父亲了。想起圣陶喜欢用的"蜗牛背了壳"的比喻，便觉得不自在。新近一位亲戚嘲笑我说，"要剥层皮呢！"更有些悚然了。十年前刚结婚的时候，在胡适之先生的《藏晖室札记》里，见过一条，说世界上有许多伟大的人物是不结婚的，文中并引培根的话，"有妻子者，其命定矣。"当时确吃了一惊，仿佛梦醒一般；但是家里已是不由分说给娶了媳妇，又有甚么可说？现在是一个媳妇，跟着来了五个孩子；两个肩头上，加上这么重一副担子，真不知怎样走才好。"命定"是不用说了；从孩子们那一面说，他们该怎样长大，也正是可以忧虑的事。我是个彻头彻尾自私的人，做丈夫已是勉强，做父亲更是不成。自然，"子孙崇拜""儿童本位"的哲理或伦理，我也有些知道；既做着父亲，闭了眼抹杀孩子们的权利，知道是不行的。可惜这只是理论，实际上我是仍旧按照古老的传说，在野蛮地对付着，和普通的父亲一样。近来差不多是中年的人了，才渐渐觉得自己的残酷；想着孩子们受过的体罚和叱责，始终不能辩解——像抚摩着旧创痕那样，我的心酸溜溜的。有一回，读了有岛武郎《与幼小者》的译文，对了那种伟大的、沉挚的态度，我竟流下泪来了。去年父亲来信，问起阿九，那时阿九还在白马湖呢；信上说，"我没有耽误你，你也不要耽误他才好。"我为这句话哭了一场；我为什么不像父亲的仁慈？我不该忘记，父亲怎样待我们来着！人性许真是二元的，我是这样地矛盾；我的心像钟摆似的来去。

你读过鲁迅先生的《幸福的家庭》么？我的便是那一类的"幸福的家庭"！每天午饭和晚饭，就如两次潮水一般。先是孩子们你来他去地在厨房与饭间里查看，一面催我或妻发"开饭"的命令。急促繁碎的脚步，夹着笑和嚷，一阵阵袭来，直到命令发出为止。他们一递一个地跑着喊着，将命令传给厨房里用人；便立刻抢着回来搬凳子。于是这个说，"我坐这儿！"那个说，"大哥不让我！"大哥却说，"小妹打我！"我给他们调解，说好话。但是他们有时候很固执，我有时候也不耐烦，这便用着叱责了；叱责还不行，不由自主地，我的沉重的手掌便到他们身上了。于是哭的哭，坐的坐，局面才算定了。接着可又你要大碗，他要小碗，你说红筷子好，他说黑筷子好；这个要干饭，那个要稀饭，要茶要汤，要鱼要肉，要豆腐，要萝卜；你说他菜多，他说你菜好。妻是照例安慰着他们，但这显然是太迂缓了。我是个暴躁的人，怎么等得及？不用说，用老法子将他们立刻征服了；虽然有哭的，不久也就抹着泪捧起碗了。吃完了，纷纷爬下凳子，桌上是饭粒呀、汤汁呀、骨头呀、渣滓呀，加上纵横的筷子，欹斜的匙子，就如一块花花绿绿的地图模型。吃饭而外，他们的大事便是游戏。游戏时，大的有大主意，小的有小主意，各自坚持不下，于是争执起来；或者大的欺负了小的，或者小的竟欺负了大的，被欺负的哭着嚷着，到我或妻的面前诉苦；我大抵仍要用老法子来判断的，但不理的时候也有。最为难的，是争夺玩具的时候：这一个的与那一个的是同样的东西，却偏要那一个的；而那一个便偏不答应。在这种情形之下，不论如何，终于是非哭了不可的。这些事件自然不至于天天全有，但大致总有好些起。我若坐在家里看书或写什么东西，管保一点钟里要分几回心，或站起来一两次的。若是雨天或礼拜日，孩子们在家的多，那么，摊开书竟看不下一行，提起笔也写不出一个字的事，也有过的。我常和妻说，"我们家真是成日的千军万马呀！"有时是不但"成日"，连夜里也有兵马在进行着，在有吃乳或生病的孩子的时候！

我结婚那一年，才十九岁。二十一岁，有了阿九；二十三岁，又有了阿菜。那时我正像一匹野马，哪能容忍这些累赘的鞍鞯、辔头和缰绳？摆脱也知是不行的，但不自觉地时时在摆脱着。现在回想起来，那些日子，真苦了这两个孩子；真是难以宽宥的种种暴行呢！阿九才两岁半的样子，我们住在杭州的学校里。不知怎地，这孩子特别爱哭，又特别怕生人。一不见了母亲，或来了客，就哇哇地哭起来了。学校里住着许多人，我不能让他扰着他们，而客人也总是常有的；我懊恼极了。有一回，特地骗出了妻，关了门，将他按在地下打了一顿。这件事，妻到现在说起来，还觉得有些不忍；她说我的手太辣了，到底还是两岁半的孩子！我近年常想着那时的光景，也觉黯然。阿菜在台州，那是更小了；才过了周岁，还不大会走路。

也是为了缠着母亲的缘故吧，我将她紧紧地按在墙角里，直哭喊了三四分钟；因此生了好几天病。妻说，那时真寒心呢！但我的苦痛也是真的。我曾给圣陶写信，说孩子们的磨折，实在无法奈何；有时竟觉着还是自杀的好。这虽是气愤的话，但这样的心情，确也有过的。后来孩子是多起来了，磨折也磨折得久了，少年的锋棱渐渐地钝起来了；加以增长的年岁增长了理性的裁制力，我能够忍耐了——觉得从前真是一个"不成材的父亲"，如我给另一个朋友信里所说。但我的孩子们在幼小时，确比别人的特别不安静，我至今还觉如此。我想这大约还是由于我们抚育不得法；从前只一味地责备孩子，让他们代我们负起责任，却未免是可耻的残酷了！

正面意义的"幸福"，其实也未尝没有。正如谁所说，小的总是可爱，孩子们的小模样，小心眼儿，确有些教人舍不得的。阿毛现在五个月了，你用手指去拨弄她的下巴，或向她做趣脸，她便会张开没牙的嘴格格地笑，笑得像朵正开的花。她不愿在屋里待着；待久了，便大声儿嚷。妻常说，"姑娘又要出去溜达了。"她说她像鸟儿般，每天总得到外面溜一些时候。润儿上个月刚过了三岁，笨得很，话还没有学好呢。他只能说三四个字的短语或句子，文法错误，发音模糊，又得费气力说出；我们老是要笑他的。他说"好"字，总变成"小"字；问他"好不好"？他便说"小"，或"不小"。我们常常逗着他说这个字玩儿；他似乎有些觉得，近来偶然也能说出正确的"好"字了——特别在我们故意说成"小"字的时候。他有一只搪瓷碗，是一毛来钱买的；买来时，老妈子教给他，"这是一毛钱。"他便记住"一毛"两个字，管那只碗叫"一毛"，有时竟省称为"毛"。这在新来的老妈子，是必需翻译了才懂的。他不好意思，或见着生客时，便咧着嘴痴笑；我们常用了土话，叫他做"呆瓜"。他是个小胖子，短短的腿，走起路来，蹒跚可笑；若快走或跑，便更"好看"了。他有时学我，将两手叠在背后，一摇一摆的；那是他自己和我们都要乐的。他的大姐便是阿菜，已是七岁多了，在小学校里念着书。在饭桌上，一定得啰啰唆唆地报告些同学或他们父母的事情；气喘喘地说着，不管你爱听不爱听。说完了总问我："爸爸认识么？""爸爸知道么？"妻常禁止她吃饭时说话，所以她总是问我。她的问题真多：看电影便问电影里的是不是人？是不是真人？怎么不说话？看照相也是一样。不知谁告诉她，兵是要打人的。她回来便问，兵是人么？为什么打人？近来大约听了先生的话，回来又问张作霖的兵是帮谁的？蒋介石的兵是不是帮我们的？诸如此类的问题，每天短不了，常常闹得我不知怎样答才行。她和润儿在一处玩儿，一大一小，不很合适，老是吵着哭着。但合适的时候也有：譬如这个往床底下躲，那个便钻进去追着。这个钻出来，那个也跟着——从这个床到那个床，只听见笑着，嚷着，喘着，真如妻所说，像小狗似的。现在在京的，便只有这三个孩子；阿九和转儿是去年北来时，让母亲暂时带向扬州去了。

阿九是欢喜书的孩子。他爱看《水浒》《西游记》《三侠五义》《小朋友》等；没有事便捧着书坐着或躺着看。只不欢喜《红楼梦》，说是没有味儿。是的，《红楼梦》的味儿，一个十岁的孩子，哪里能领略呢？去年我们事实上只能带两个孩子来；因为他大些，而转儿是一直跟着祖母的，便在上海将他俩丢下。我清清楚楚记得那分别的一个早上。我领着阿九从二洋泾桥的旅馆出来，送他到母亲和转儿住着的亲戚家去。妻嘱咐说，"买点吃的给他们吧。"我们走过四马路，到一家茶食铺里。阿九说要熏鱼，我给买了；又买了饼干，是给转儿的。便乘电车到海宁路。下车时，看着他的害怕与累赘，很觉恻然。到亲戚家，因为就要回旅馆收拾上船，只说了一两句话便出来；转儿望望我，没说什么，阿九是和祖母说什么去了。我回头看了他们一眼，硬着头皮走了。后来妻告诉我，阿九背地里向她说，"我知道爸爸欢喜小妹，不带我上北京去。"其实这是冤枉的。他又曾和我们说，"暑假时一定来接我啊！"我们当时答应着；但现在已是第二个暑假了，他们还在迢迢的扬州待着。他们是恨着我们呢？还是惦着我们呢？妻是一年来老放不下这两个，常常独自暗中流泪；但我有什么法子呢！想到"只为家贫成聚散"一句无名的诗，不禁有些凄然。转儿与我较生疏些。但去看离开白马湖时，她也曾用了生硬的扬州话（那时她还没有到过扬州呢），和那特别尖的小嗓子向着我："我要到北京去。"她晓得什么北京，只跟着大孩子们说罢了；但当时听着，现在想着的我，却真是抱歉呢。这兄妹俩离开我，原是常事，离开母亲，虽也有过一回，这回可是太长了；小小的心儿，知道是怎样忍耐那寂寞来着！

　　我的朋友大概都是爱孩子的。少谷有一回写信责备我，说儿女的吵闹，也是很有趣的，何至可厌到如我所说；他说他真不解。子恺为他家华瞻写的文章，真是"蔼然仁者之言"。圣陶也常常为孩子操心：小学毕业了，到什么中学好呢？——这样的话，他和我说过两三回了。我对他们只有惭愧！可是近来我也渐渐觉着自己的责任。我想，第一该将孩子们团聚起来，其次便该给他们些力量。我亲眼见过一个爱儿女的人，因为不曾好好地教育他们，便将他们荒废了。他并不是溺爱，只是没有耐心去料理他们，他们便不能成材了。我想我若照现在这样下去，孩子们也便危险了。我得计画着，让他们渐渐知道怎样去做人才行。但是要不要他们像我自己呢？这一层，在白马湖教初中学生时，也会从师生的立场上问过丐尊，他毫不踌躇地说，"自然啰。"近来与平伯谈起教子，他却答得妙，"总不希望比自己坏啰。"是的，只要不"比自己坏"就行，"像"不"像"倒是不在乎的。职业、人生观等，还是由他们自己去定的好；自己顶可贵，只要指导，帮助他们去发展自己，便是极贤明的办法。

予同说，"我们得让子女在大学毕了业，才算尽了责任。"SK 说，"不然，要看我们的经济，他们的材质与志愿；若是中学毕了业，不能或不愿升学，便去做别的事，譬如做工人吧，那也并非不行的。"自然，人的好坏与成败，也不尽靠学校教育；说是非大学毕业不可，也许只是我们的偏见。在这件事上，我现在毫不能有一定的主意；特别是这个变动不居的时代，知道将来怎样？好在孩子们还小，将来的事且等将来吧。目前所能做的，只是培养他们基本的力量——胸襟与眼光；孩子们还是孩子们，自然说不上高的远的，慢慢从近处小处下手便了。这自然也只能先按照我自己的样子；"神而明之，存乎其人，"光辉也吧，倒楣也吧，平凡也吧，让他们各尽各的力去。我只希望如我所想的，从此好好地做一回父亲，便自称心满意。——想到那"狂人""救救孩子"的呼声，我怎敢不悚然自勉呢？

一九二八年六月二十四日晚写毕，北京清华园。

（以上选自《背影》）

第三辑

（一九三六~一九四八）

新诗的进步

在《新文学大系·诗集》"导言"末尾，我说：

若要强立名目，这十年来的诗坛就不妨分为三派：

自由诗派，格律诗派，象征诗派。

有一位老师不赞成这个分法，他实在不喜欢象征派的诗，说是不好懂。有一位朋友，赞成这个分法，但我的按而不断，他却不以为然。他说这三派一派比一派强，是在进步着的，"导言"里该指出来。他的话不错，新诗是在进步着的。许多人看着作新诗读新诗的人不如十几年前多，而书店老板也不欢迎新诗集，因而就悲观起来，说新诗不行了，前面没有路。路是有的，但得慢慢儿开辟；只靠一二十年工夫便想开辟出到诗国的康庄新道，未免太急性儿。

这几年来我们已看出一点路向。《大系·诗集》"编选感想"里我说，要看看启蒙期诗人"怎样从旧镣铐里解放出来，怎样学习新语言，怎样找寻新世界"。但是白话的传统太贫乏，旧诗的传统太顽固，自由诗派的语言大抵熟套多而创作少（闻一多先生在什么地方说新诗的比喻太平凡，正是此意），境界也只是男女和愁叹，差不多千篇一律，咏男女自然和旧诗不同，可是大家都泛泛着笔，也就成了套子。当然有例外，郭沫若先生歌咏大自然，是最特出的。格律诗派的爱情诗，不是纪实的而是理想的爱情诗，至少在中国诗史是新的；他们的奇丽的譬喻——即使不全是新创的——也增富了我们的语言。徐志摩、闻一多两位先生是代表。从这里再进一步，便到了象征诗派。象征诗派要表现的是些微妙的情境，比喻是他们的生命；但是"远取譬"而不是"近取譬"。所谓远近不指比喻的材料而指比喻的方法；他们能在普通人以为不同的事物中间看出同来。他们发见事物间的新关系，并且用最经济的方法将这关系组织成诗；所谓"最经济的"就是将一些联络的字句省掉，让读者连用自己的想象力搭起桥来。没有看惯的只觉得一盘散沙，但实在不是沙，是有机体。要看出有机体，得有相当的修养与训练，看懂了才能说作得好坏——坏的自然有。

另一方面，从新诗运动开始，就有社会主义倾向的诗。旧诗里原有叙述民间疾苦的诗，并有人像白居易，主张只有这种诗才是诗。可是新诗人的立场不同，不是从上层往下看，是与劳苦的人站在一层而代他们说话——虽然只是理论上如此。这一面也有进步。初期新诗人大约对于劳苦的人实生活知道的太少，只凭着信仰的理论或主义发挥，所以不免是概念的，空架子，没力量。近年来乡村运动兴起，乡村的生活实相渐渐被人注意，这才有了有血有肉的以农村为题材的诗。臧克家先生可为代表。概念诗惟恐其空，所以话不厌详，而越详越觉啰嗦。像臧先生的诗，就经济得多。他知道节省文字，运用比喻，以暗示代替说明。

现在似乎有些人不承认这类诗是诗，以为必得表现微妙的情境的才是的。另一些人却以为象征诗派的诗只是玩意儿，于人生毫无益处。这种争论原是多少年解不开的旧连环。就事实上看，表现劳苦生活的诗与非表现劳苦生活的诗历来就并存着，将来也不见得会让一类诗独霸。那么，何不将诗的定义放宽些，将两类兼容并包，放弃了正统意念，省了些无效果的争执呢？从前唐诗派与宋诗派之争辩，是从另一角度着眼。唐诗派说唐以后无诗，宋诗派却说宋诗是新诗。唐诗派的意念也太狭窄；扩大些就不成问题了。

二十五年

抗战与诗

　　抗战以来的新诗，我读的不多。前些日子从朋友处借了些来看，并见到了《文坛月刊》七月号里的《四年来的新诗》一篇论文（论文题目大概如此，作者的名字已经记不起了），自己也有些意见。现在写在这里。

　　抗战以来的新诗的一个趋势，似乎是散文化。抗战以前新诗的发展可以说是从散文化逐渐走向纯诗化的路。为方便起见，用我在《新文学大系·诗集》"导言"里假定的名称来说明。自由诗派注重写景和说理，而一般的写景又只是铺叙而止，加上自由的形式，诗里的散文成分实在很多，格律诗派才注重抒情，而且是理想的抒情，不是写实的抒情。他们又努力创造"新格式"：他们的诗要有"音乐的美""绘画的美"和"建筑的美"——诗行是整齐的。象征诗派倒不在乎格式，只要"表现一切"；他们虽用文字，却朦胧了文字的意义，用暗示来表现情调。后来卞之琳先生、何其芳先生虽然以敏锐的感觉为体材，又不相同，但是借暗示表现情调，却可以说是一致的。从格律诗以后，诗以抒情为主，回到了它的老家。从象征诗以后，诗只是抒情，纯粹的抒情，可以说钻进了它的老家。

可是这个时代是个散文的时代，中国如此，世界也如此。诗钻进了老家，访问的就少了。抗战以来的诗又走到了散文化的路上，也是自然的。

从新诗开始的时候起，多少作者都在努力发现或创造新形式，足以替代五七言和词曲那些旧形式的，这种努力从胡适之先生所谓"自然的音节"起手。胡先生教人注意诗篇里词句的组织和安排，要达到"自然的和谐"的地步。他自己虽还不能摆脱旧诗词曲的腔调，但一般青年作者却都在试验白话的音节。一般新诗的形式确不是五七言诗，不是词曲，不是歌谣，而已是不成形式的新形式了。这就渐渐进展到格律诗。格律运动虽然当时好像失败了，但它的势力潜存着，延续着。象征诗开始时用自由的形式，可是后来也就多用格律了。

抗战以来的诗，注重明白晓畅，暂时偏向自由的形式。这是为了诉诸大众，为了诗的普及。抗战以来，一切文艺形式为了配合抗战的需要，都朝普及的方向走，诗作者也就从象牙塔里走上十字街头。他们可也用格律；就是用自由的形式，一般诗行也比自由诗派来得整齐些。他们的新的努力是在组织和词句方面容纳了许多散文成分。艾青先生和臧克家先生的长诗最容易见出。就连卞之琳先生的《慰劳信集》，何其芳先生的近诗，也都表示这种倾向。这时代诗里的散文成分是有意为之，不像初期自由诗派的只是自然的趋势。而这时代的诗采用的散文成分比自由诗派的似乎规模还要大些。这也可以说是民间化的趋势。抗战以来文坛上对于利用民间旧形式有过热烈的讨论。整个儿利用似乎已经证明不成，但是民间化这个意念却发生了很广大的影响。民间化自然得注重明白和流畅，散文化是必然的。而朗诵诗的提倡更是诗的散文化的一个显著的节目。不过话说回来，民间形式暗示格律的需要，朗诵诗虽在散文化，但为了便于朗诵，也多少需要格律。所以散文化民间化同时还促进了格律的发展。这正是所谓矛盾的发展。

诗的民间化还有两个现象：一是复沓多，二是铺叙多。复沓是歌谣的生命。歌谣的组织整个儿靠复沓，韵并不是必要的。歌谣的单纯就建筑在复沓上，现在的诗多用复沓，却只取其接近歌谣，取其是民间熟悉的表现法，因而可以教诗和大众接近些。还有，散文化的诗里用了重叠，便散中有整，也是一种调剂的技巧。详尽的铺叙是民间文艺里常见的，为的是明白易解而能引起大众的注意。简短的含蓄的写出，是难于诉诸大众的。现在的诗着意铺叙的，可以举柯仲平先生《平汉铁路工人破坏大队的产生》和老舍先生的《剑北篇》做例子。柯先生铺叙故事的节目，老舍先生铺叙景物的节目，可是他们有意在使诗民间化是一样的。《剑北篇》试用大鼓调，更为显然。因为民间化，这两篇长诗都有着整齐的形式。

抗战以来的新诗的另一个趋势是胜利的展望。这是全民族的情绪，诗以这个情绪为表现的中心，也是当然的，但是诗作者直接描写前线描写战争的却似乎很少。一般诗作者描写抗战，大都从侧面着笔。如我军的英勇，敌伪的懦怯或残暴，都从士兵或民众的口中叙出。这大概是经验使然。一般诗作者所熟悉的，努力的，是在大众的发现和内地的发现。他们发现大众的力量的强大，是我们抗战建国的基础。他们发现内地的广博和美丽，增强我们的爱国心和自信心。像艾青先生的《火把》和《向太阳》，可以代表前者，臧克家先生的《东线归来》以及《淮上吟》，可以代表后者。《剑北篇》也属于后者。

《火把》跟《向太阳》的写法不同。如一位朋友所说，艾青先生有时还用象征的表现，《向太阳》就是的。《火把》却近乎铺叙了。这篇诗描写火把游行，正是大众的力量的表现，而以恋爱的故事结尾，在结构上也许欠匀称些。可是指示私生活的公众化一个倾向，而又不至于公式化，却是值得特别注意的。臧先生在创造新鲜的隐喻上见出他的本领，但是纪行体的诗有时不免散漫，《淮上吟》似乎就如此。《剑北篇》的铺叙也许有人会觉得太零碎些，逐行用韵也许有人曾觉得太铿锵些。但我曾请老舍先生自己朗读给我听；他只按语气的自然节奏读下去，并不重读韵脚。这也就觉得能够联贯一气，不让韵隔成一小片儿一小段儿的了。可见诗的朗读确是很重要的。

三十年

爱国诗

死去元知万事空，但悲不见九州同。

王师北定中原日，家祭无忘告乃翁。

这是南宋爱国诗人陆放翁（游）临终《示儿》的诗，直到现在还传诵着。读过法国都德的《柏林之围》的人，会想到陆放翁和那朱屋大佐分享着同样悲惨的命运；可是他们也分享着同样爱国的热诚。我说"同样"，是有特殊意义的。原来我们的爱国诗并不算少，汪静之先生的爱国诗选便是明证；但我们读了那些诗，大概不会想到朱屋大佐身上去。这些诗人概不外乎三个项目。一是忠于一朝，也就是忠于一姓。其次是歌咏那勇敢杀敌的将士。其次是对异族的同仇。所谓"非我族类，其心必异"。第二项可能只是一姓的忠良，也可能是"执干戈以卫社稷"的"国殇"。说"社稷"便是民重君轻，跟效忠一姓的不一样。《楚辞》的《国殇》所以特别教人注意，至少一半为了这个道理。第三项以民族为立场，范围便更广大。现在的选家选录爱国诗，特别注意这一种，所谓民族诗。社稷和民族两个意念凑合起来，多少近于我们现在所说的"国家"，但"理想的完整性"还不足；若说是"爱国"，"理想的完美性"

更不足。顾亭林第一个说出"天下兴亡，匹夫有责"这警句，提示了一个理想的完整的国家，确是他的伟大处。放翁还不能有这样明白的意念，但他的许多诗，尤其这首《示儿》诗里，确已多少表现了"国家至上"的理想；所以我们才会想到具有近代国家意念的朱屋大佐身上去。

放翁虽做过官，他的爱国热诚却不仅为了赵家一姓。他会在西北从军，加强了他的敌忾，为了民族，为了社稷，他永怀着恢复中原的壮志。这种壮志常常表现在他的梦里；他用诗来描画这些梦。这些梦有些也许只是画梦，睁着眼做梦，但可见他念兹在兹，可见他怎样将满腔的爱国热诚理想化。《示儿》诗是临终之作，不说到别的，只说"北定中原"，正是他的专一处。这种诗只是对儿子说话，不是甚么遗疏遗表的，用不着装腔作势，他尽可以说些别的体己的话；可是他只说这个，他正以为这是最体己的话。诗里说"元知万事空"，万事都搁得下；"但悲不见九州同"，只这一件搁不下。他虽说"死去"，虽然"'不见'九州同"，可是相信"王师"终有"北定中原日"，所以叮嘱他儿子"家祭无忘告乃翁"！教儿子"无忘"，正是自己的念念不"忘"。这是他的爱国热诚的理想化；这理想便是我们现在说的"国家至上"的信念的雏形，在这情形下，放翁和朱屋大佐可以说是"同样"的。过去的诗人里，也许只有他才配称为爱国诗人。

辛亥革命传播了近代的国家意念，五四运动加强了这意念。可是我们跑得太快了，超越了国家，跨上了世界主义的路。诗人是领着大家走的，当然更是如此。这是发现个人发现自我的时代。自我力求扩大，一面向着大自然，一面向着全人类；国家是太狭隘了，对于一个是他自己的人。于是乎新诗诉诸人道主义，诉诸泛神论，诉诸爱与死，诉诸颓废的和敏锐的感觉——只除了国家。这当然还有错综而层折的因缘，此处无法详论。但是也有例外，如康白情先生《别少年中国》，郭沫若先生《炉中煤》（眷念祖国的情绪）等诗便是的。我们愿意特别举出闻一多先生；抗战以前，他差不多是唯一有意大声歌咏爱国的诗人。他歌咏爱国的诗有十首左右：《死水》里收了四首。且先看他的一个观念：

　　你隽永的神秘，你美丽的谎，
　　你倔强的质问，你一道金光，
　　一点儿亲密的意义，一股火，
　　一缕缥缈的呼声，你是什么？
　　我不疑，这因缘一点也不假，
　　我知道海洋不骗他的浪花。
　　既然是节奏，就不该抱怨歌，
　　啊，横暴的威灵，你降伏了我，
　　你降伏了我！你绚缦的长虹！
　　五千多年的记忆，你不要动，
　　如今我只问怎样抱得紧你……
　　你是那样的横蛮，那样的美丽！

这里国家的观念或意念是近代的；他爱的是一个理想的完整的中国，也是一个理想的完美的中国。

这个国家意念是抽象的，作者将它形象化了。第一将它化作"你"，成了一个对面听话的。"五千多年的记忆"，这是中国的历史。"抱得紧你"就是"爱你"。怎样爱中国呢？中国"那样美丽"，"美丽"得像"谎"似的。它是"亲密的"，又是"神秘"的，怎样去爱呢？它"倔强的质问"为什么不爱它，又"缥缈的"呼喊人去爱它。我们该爱它，浪花是该爱海的；难爱也得爱，节奏是"不该抱怨歌"的。它"绚缦"得可爱，却又"横暴"得可怕；爱它，怕它，只得降了它。降了它为的爱，爱就得抱紧它。但是怎样"抱得紧"呢？作者彷徨自问：我们也都该彷徨自问的。陆放翁的《示儿》诗以"九州同"和"王师北定中原"两项具体的事件或理想为骨干：所谓"同"，指社稷，也指民族。"九州"便是二者的形象化。顾亭林说"匹夫"，也够具体的。但一个观念超越了社稷和民族，也统括了社稷和民族，是一个完整的意念，完整的理想；而且不但"提示"了，简直"代表"着，一个理想的完整的国家。这种抽象的国家意念，不必讳言是外来的，有了这种国家意念才有近代的国家。诗里形象化的手法也是外来的，却象征着表现着一个理想的完美的中国。可是理想上虽然完美，事实上不免破烂；所以作者彷徨自问，怎样爱它呢？真的，国民革命以来，特别是九一八以来，我们都在这般彷徨地自问着。——我们终于抗战了！

　　抗战以后，我们的国家意念迅速地发展而普及，对于国家的情绪达到最高湖。爱国诗大量出觋。但都以具体的事件为歌咏的对象，理想的中国在诗里似乎还没有看见。当然，抗战是具体的，现实的。具体的节目太多了，现实的关系太大了，诗人们一方面俯拾即是，一方面利害切身，没工夫去孕育理想，也是真的。他们发现内地的美丽，民众的英勇，赞颂杀敌的英雄，预言最后的胜利，确是尽了最大的努力。但是我们的抗战，如我们的领导者屡次所昭示的，是坚贞的现实，也是美丽的理想。我们在抗战，同时我们在建国：这便是理想。理想是事实之母；抗战的种子便孕育在这个理想的胞胎中。我们希望这个理想不久会表现在新诗里。诗人是时代的前驱，他有义务先创造一个新中国在他的诗里。再说这也是时候了。抗战以来，第一次我们获得了真正的统一；第一次我们每个国民都感觉到有一个国家——第一次我们每个人都感觉到中国是自己的。完整的理想已经变成完整的现实了，固然完美的中国还在开始建造中，还是一个理想；但我相信我们的国家意念已经发展到一个程度，我们可以借用美国一句话："我的国呵，对也罢，不对也罢，我的国呵。"（这句话可以有种种解释；这里是说，我国对也罢，不对也罢，我总不忍不爱它。）"如今我只问怎样抱得紧你……"要"抱得紧"，得整个儿抱住；这得有整个儿理想，包孕着笼罩着片段的现实，也包孕着笼罩着整个的现实的理想。

现在我们再来看看《死水》里的一句话：

有一句话说出就是祸，
有一句话能点得着火。
别看五千年没有说破，
你猜得透火山的缄默？
说不定是突然着了魔，

突然青天里一个霹雳

爆一声

"咱们的中国!"

这话教我今天怎么说?

你不信铁树开花也可,

那必有一句话你听着:

等火山忍不住了缄默,

不要发抖,伸舌头,顿脚,

等到青天里一个霹雳

爆一声

"咱们的中国!"

现在,真的,铁树开了花,"火山忍不住了缄默",那"五千年没有说破"的"一句话",那"青天里一个霹雳"似的一声,果然"爆"出来了。火已经点着了:说是"祸"也可,但是"祸兮福所倚",六年半的艰苦抗战奠定了最后胜利的基础。最后的胜利必然是我们的。这首诗写在十七八年前头,却像预言一般,现在开始应验了。我们现在重读这首诗,更能感觉到它的意义和力量。它还是我们的预言:"咱们的中国!"这一句话正是我们人人心里的一句话,现实的,也是理想的。

三十二年

朗读与诗

诗与文都出于口语；而且无论如何复杂，原都本于口语，所以都是一种语言。语言不能离开声调，诗文是为了读而存在的，有朗读，有默读；所谓"看书"其实就是默读，和看画看风景并不一样。但诗跟文又不同。诗出于歌，歌特别注重节奏；徒歌如此，乐歌更如此。诗原是"乐语"，古代诗和乐是分不开的，那时诗的生命在唱。不过诗究竟是语言，它不仅存在在唱里，还存在在读里。唱得延长语音，有时更不免变化语音；为了帮助听者的了解，读有时是必需的。有了文字记录以后，读便更普遍了。《国语·楚语》记申叔时告诉士亹怎样做太子的师傅，曾说"教之诗……以耀明其志"。教诗明志，想来是要读的。《左传》记载言语，引诗的很多，自然也是读，不是唱。读以外还有所谓"诵"。《墨子》里记着儒家公孟子"诵诗三百"的话。《左传》襄公十四年记卫献公叫师曹"歌"《巧言》诗的末章给孙文子的使者孙蒯听。那时文子在国境上，献公叫"歌"这章诗，是骂他的。师曹和献公有私怨，想激怒孙蒯，怕"歌"了他听不清楚，便"诵"了一通。这"诵"是有节奏的。诵和读都比"歌"容易了解些。

　　《周礼·大司乐》:"以乐语教国子:兴、道、讽、诵,言,语。"郑玄注,"以声节之曰诵"。诵是有腔调的;这腔调是"乐语"的腔调,该是从歌脱化而出。《汉书·艺文志》引《传》曰:"不歌而诵谓之赋。"而"赋者,古诗之流也"。(班固《两都赋》序)这"诵"就是师曹诵《巧言》诗的"诵"和公孟子说的"诵诗三百"的"诵",都是"乐语"的腔调。这跟言语引诗是不同的。言语引诗,随说随引,固然不会是唱,也不会是"诵",只是读,只是朗读——本文所谓读,兼指朗读、默读而言,朗读该是口语的腔调。现在儿童的读书腔,也许近乎古代的"诵";而宣读文告的腔调,本于口语,却是朗读,不是"诵"。战国以来,"《诗》三百"和乐分了家,于是乎不能歌,不能诵,只能朗读和默读;四言诗于是乎只是存在着,不再是生活着。到了汉代,新的音乐又带来了新的诗,乐府诗;汉末便成立了五言诗的体制。这以后诗又和乐分家。五言诗跟四言诗不一样,分家后却还发展着,生活着。它不但能生活在唱里,并且能生活在读里。诗从此独立了;这是一个大变化。

　　四言变为五言,固然是跟着音乐发展,这也是语言本身在进展。因为语言本身也在进展,所以诗终于可以脱离音乐而独立,而只生活在读里。但是四言为什么停止进展呢?我想也许四言太呆板了,变化太少了,唱的时候有音乐帮衬,还不大觉得出;只读而不唱,便渐渐觉出它的单调了。不过四言却宜入文,东汉到六朝,四言差不多成了文的基本句式;后来又发展了六言,便成了所谓"四六"的体制。文句本多变化,又可多用虚助词，四言入文，不但不板滞，倒觉得整齐些。这也是语言本身的一种进展。语言本身的进展，靠口说，也靠朗读，而在言文分离像中国秦代以来的情形之下，诗文的进展靠朗读更多——文尤其如此。五言诗脱离音乐独立以后，句子的组织越来越凝练，词语的表现也越来越细密，原因固然很多，朗读是主要的一个。"读"原是"抽绎义蕴"的意思。只有朗读才能玩索每一词每一语每一句的义蕴，同时吟味它们的节奏。默读只是"玩索义蕴"的工作做得好。唱歌只是"吟味节奏"的工作做得好——却往往让义蕴滑了过去。

六朝时佛经"转读"盛行，影响诗文的朗读很大。一面沈约等发见了四声。于是乎朗读转变为吟诵。到了唐代，四声又归纳为平仄，于是乎有律诗。这时候的文也越见铿锵入耳。这些多半是吟诵的作用。律诗和铿锵的骈文，我们可以称为谐调，也是语言本身的一种进展。就诗而论，这种进展是要使诗不经由音乐的途径，而成功另一种"乐语"，就是不唱而谐。目的是达到了，靠了吟诵这个外来的影响。但是这种进展究竟偏畸而不大自然，所以盛唐诸家所作，还是五七言古诗比五七言律诗多（据施子愉《唐代科举制度与五言的关系》文中附表统计，文见《东方杂志》四十卷八号）。并且这些人作律诗，一面还是因为考试规定用律诗的缘故。后来韩愈也少作律诗，他更主持古文运动，要废骈用散，都是在求自然。那时古文运动已经开了风气；律诗却因可以悦耳娱目，又是应试必需，逐渐昌盛。晚唐人有"吟安一个字，捻断数茎须"，"二句三年得，一吟双泪流"等诗句，特别见得对五律用力之道。而这种气力全用在"吟"上。律诗自然也可朗读，但它的生命在"吟"，从杜甫起就有"新诗改罢自长吟"的话。到了宋代，古文替代了骈文，诗也跟着散文化。七古七律特别进展；七律有意用不谐平仄的句子，所谓"拗调"。这一切表示重读而不重吟，回向口语的腔调。后世说宋诗以意为主，正是着重读的表现。

这时候，新的音乐又带来了一种新的诗体——词。因为歌唱的缘故，重行严别四声。但在宋亡以后词又不能唱了，只生活在仅辨平仄的"吟"里。后来有时连平仄也多少可以通融了。这又是朗读的影响；词也脱离音乐而独立了。元代跟新音乐并起的新诗体又有曲，直到现在还能唱；四声之外，更辨阴阳。因为未到朗读阶段，"看"起来总还不够分量似的。曲以后的新诗体就是我们现代的"新诗"——白话诗。新诗不出于音乐，不起于民间，跟过去各种诗体全异。过去的诗体都发源于民间乐歌，这却是外来的影响。因为不是根生土长，所以不容易让一般人接受它。新文学运动已经二十六年，白话文一般人已经接受了，但是白话诗怀疑的还是很多。不过从语言本身和诗本体的进展来看，这也是自然的趋势。诗趋向脱离音乐独立，趋向变化而近自然，如上文所论。过去每一诗体都依附音乐而起，然后脱离音乐而存。新诗不依附音乐而已活了二十六年，正所谓自力更生。一面在这二十六年里屡次有人提倡新诗采取民歌（徒歌和乐歌）的形式，并有人实地试验，特别在抗战以后。但是效果绝不显著。这见得那种简单的音乐已经不能配合我们现代人复杂的情思。现代是个散文的时代，即使是诗，也得调整自己，多少倾向散文化。而这又正是宋以来诗的主要倾向——求自然。再说六朝时外来的影响可以改变向来的传统，终于形成了律诗，直活到民国初年，这回外来的影响还近乎自然些，又何可限量呢？新诗不要唱，不要吟；它的生命在朗读，它得生活在朗读里。我们该从这里努力，才可以加速它的进展。

过去的诗体都是在脱离音乐独立之后才有长足的进展。就是四言诗也如此，像嵇康的四言诗，岂不比三百篇复杂而细密得多？五七言古近体的进展，我们看来更是显著；"取材广而命意新"（曹学佺《宋诗钞》序中语），一句话扼要地指出这种进展的方向。词的分量加重，也在清代常州词派以后；曲没有脱离音乐，进展就慢得多。这就是说，诗到了朗读阶段才能有独立的自由的进展，但是新诗一产生就在朗读阶段里，为什么现在落在白话文后面老远呢？一来诗的传统力量比文的传统大得多，特别在形式上。新诗起初得从破坏旧形式下手，直到民十四，新形式才渐渐建设起来，但一般人还是怀疑着。而当时诗的兴味也已赶不上散文的兴味浓厚。再说新诗既全然生活在朗读里，而诗又比文更重声调，若能有意地训练朗读，进展也可以快些；可是这种训练直到抗战以后才多起来。不过新诗由破坏形式而建设形式，现在已有相当成绩，正见出朗读的效用。

新诗的语言不是民间的语言，而是欧化的或现代化的语言。因此朗读起来不容易顺口顺耳。固然白话文也有同样情形，但是文的篇幅大，不顺的地方容易掩藏，诗的篇幅小，和谐的朗读更是困难。这种和谐的朗读本非二三十年可以达成。

律诗的孕育经过二百多年；我们的新诗是由旧的人工走向新自然，和律诗方向相反，当然不需那么长的时期，但也只能移步换形，不能希望一蹴而几。有意的朗读训练该可以将期间缩短些，缩得怎样短，得看怎样努力。所谓顺口顺耳，就是现在一般人说的"上口"。"上口"的意义，严格地说，该是"口语里有了的"；现在白话诗文中有好些句式和词里，特别是新诗中的隐喻，就是在受过中等教育的人的口语里，也还没有，所以便不容易上口。

但照一般的用法，"不上口"好像只是拗口或不顺口，这当然没有明确的分野，不过若以受过现代中等教育的人为标准，出入也许不至于太大。第一意义的"上口"太严格了，按这个意义，白话诗文能够上口的恐怕不多；最重要的，这样限制足以阻碍白话诗文的进展，同时足以阻碍口语的进展。白话诗文和口语该是交互影响着而进展的，所谓"国语的文学——文学的国语"。

第二意义的"上口"，该可用作朗读的标准。这所谓"上口"，就是使我们不致歪曲我们一般的语调。如何算"歪曲"，还待分析的具体的研究，但从这些年的经验里，我们也可以知道大略。例如长到二三十字的句，十馀字的读，中间若无短的停顿，便不能上口；国语每十字间总要有个停顿才好。又如国语中不常用被动句，现在固然不妨斟酌加一些，但不斟酌而滥用，便觉刺耳。口语和白话文里不常用的译名，不容易上口；诗里最好不用，至少也须不多用——外国文更应该如此。他称代词"它"和"它们"，国语里极少，也当细酌。文言夹在白话里，不容易和谐；除非白话里的确缺少那种表现，或者熟语新用，但总是避免的好。至于新诗里的隐喻常是创造的，上口自然不易。

可是这种隐喻的发展也是诗的生长的主要的成分，所谓"形象化"。旧日各种诗体里也有这个，不过也许没有新诗里多；而且，那些比较凝定的诗体可以掩藏新创的隐喻，使它得到平衡。所以我们得靠朗读熟悉这种表现，读惯了就可以上口了。其实除了一些句式，所谓不能上口的生硬的语汇，经过相当时间的流转，也许入了口语，或由于朗读，也会上口；这种"不上口"并不是绝对的。——我们所谓朗读，和宣读文告的宣读是一类。要见出每一词语每一句子的分量。这跟说话不同；新诗能够"说"的很少。

现时的诗朗诵运动，似乎用的是第一意义的"上口"的标准，并且用的是一般民众的口语的标准。这固然不失为诗的一体，但要将诗一概朗诵化就很难。文化的进展使我们朗读不全靠耳朵，也兼靠眼睛。这增加了我们的能力。现在的白话诗有许多是读出来不能让人全听懂的，特别是诗。新的词汇、句式和隐喻，以及不熟练的朗读的技术，都可能是原因；但除了这些，还有些复杂精细的表现，原不是一听就能懂的。这种诗文也有它们存在的理由。这种特别是诗，也还需要朗读，但只是读给自己听，读给几个看着原诗的朋友听：这种朗读是为了研究节奏与表现，自然也为了欣赏，受用。谁都可以去朗读并欣赏这种诗，只是这种诗不宜于大庭广众。卞之琳先生的一些诗，冯至先生的一些十四行，就有这种情形。近来读到鸥外鸥

先生的一首诗，似乎也可作例。这首诗题为《和平的础石》，
写在香港，歌咏的是香港老总督的铜像。现在节抄如下：

> 金属了的他
> 是否怀疑巍巍高耸在亚洲风云下的休战纪念坊呢？
> 奠和平基础于此地吗？
> 那样想着而不瞑目的总督，
> 日夕踞坐在花岗石上永久的支着腮
> 腮与指之间
> 生上了铜绿的苔藓了——
> …………
> 手永远支住了的总督，
> 何时可把手放下来呢？
> 那只金属了的手。

诗行也许太参差些。但"金属了的他""金属了的手"里
的"金属"这个名词用作动词，便创出了新的词汇，可以注
意。这二语跟第六、七行原都是描述事实，但是全诗将那僵冷
的铜像灌上活泼的情思，前二语便见得如何动不了，动不了
手，第三语也便见得如何"永久的支着腮"在"怀疑"。这就
都带上了隐喻的意味。这些都比较生硬而复杂，只可朗读给自
己听；要是教一般人听，恐怕不容易听懂。不过为己的朗读和
为人的朗读却该同时并进，诗才能有独立的圆满的进展。

三十二年，三十三年

历史在战斗中

——评冯雪峰：《乡风与市风》（作家书屋）

　　雪峰先生最早在《湖畔》中以诗人与我们相见，后来给我们翻译文学理论，现在是给我们新的杂文了。《乡风与市风》是杂文的新作风，是他的创作；这充分地展开了杂文的新机能，讽刺以外的批评机能，也就是展开了散文的新的机能。我们的白话散文，小说除外，最早发展的是长篇议论文和随感录，随感录其实就是杂文的一种型。长篇议论文批判了旧文化，建设起新文化；它在这二十多年中，由明快而达到精确，发展着理智的分析机能。随感录讽刺着种种旧传统，那尖锐的笔锋足以教人啼笑皆非。接着却来了小品文，虽说"天地之人，苍蝇之微"，无所不有，然而基础是打在"身边琐事"上。这只是个人特殊的好恶，表现在玩世哲学的光影里。从讽刺的深恶痛疾到玩世的无可无不可，本只相去一间；时代的混乱和个性的放弛成就了小品文的一时之盛。然而盛极则衰，时代的路向渐渐分明，集体的要求渐渐强大，现实的力量渐渐逼紧；于是杂文便成了春天第一只燕子。杂文从尖锐的讽刺个别的事件起手，逐渐放开尺度，严肃的讨论到人生的种种相，笔锋所及越见深广，影响也越见久远了。《乡风与市风》可以说正是这种新作风的代表。

"乡村"是农民和下层社会妇女的生活的表现，"市风"是大都会知识者生活的表现。前者似乎比较单纯些，一面保守着传统，一面期待着变。后者就复杂得多，拥抱过去，憧憬将来，腐蚀现在，各走各的路，并且各说各的理。传统是历史，过去是历史，那期待，那憧憬，甚至那腐蚀，也是历史孕育出来的，所谓矛盾的发展。雪峰先生教人们将种种历史的责任"放在自己的肩上"，"因为这个历史到底是我们自己的历史"；这样才能够"走上自觉的战斗的路"。这是现在的战斗，实际的战斗；必须整个社会都走上这条路，而且"必须把战线伸展到生活和思想的所有的角落去"。这战斗一面对抗着历史，一面领导着历史。人们在战斗中，历史也在战斗中。可是"乡风"也好，"市风"也好，现在都还没有自觉地向战斗的路上吹，本书著者所以委曲地加以"分析，批判，以至否定"，来指明这条路。

乡风的主角农民和妇女，大抵是单纯的。他们相信还好主义，相信烈女节妇，似乎都是弱者的表现；可是也会说"世界是总要变一变的"。有时更"不惜自己的血"去反抗敌人，像书中所记浙东的种种情形，"这便是弱者在变成强者"了。单纯得善良，也单纯得勇敢，真是的。根柢在"对于现实生活的执着"。书中论一个死了丈夫或死了儿子的乡下女人的啼哭，说这个道理，最为鞭辟入里：

　　但最主要的，是她在这样的据点上，用以和人生
结合的是她的劳动和她的生命，和丈夫或儿子谋共同
生活，共同抵抗一切患难与灾害，对一切都以自己的
劳动和生命去突击，于是，单纯而坚实的爱就从为了
生活的战斗中产生。惟其以自己的劳动和生命向着
"利害的""经济的"生活突击，于是超"利害的"，
超"经济的"爱和爱的力就又那样的强毅，那样地
浑然而朴真（也正是在这上面，消费阶层的人们立即
显出了自私和薄情了）。而在生活的重压下，却不仅
这爱和爱的力不能不表现为一切的坚忍，集中于对于
现实生活的执着，并且因此就更黏住那据点，更和那
据点胶结得紧了；——这又是生活限制了他们，使他
们不能走得更远一点。于是，一到所黏住的据点失
去，便不能不被无边际的朦胧所压迫，被空虚所侵，
而感到无可挽救似的凄哀。（一一六至一一七面）
这种单纯的执着，固然是由历史在支配着，可是这种执着
的力量，若有一天伴随上"改进自己的地位的要求"，却能够
转变历史；过去如此，现在也如此，这便是"市风"的主角知
识者，如今是生活在"混乱"中。"这正是旧的生活观念的那
一向还巩固的物质基础，也被实际生活的冲击而动摇着了罢?"
不错的。于是有些人将注子压在"老大"上，做着复古的梦，
但是"老大""只作为造成历史的矛盾的地盘而有用"，"历史
的矛盾"就是历史在战斗中，"老大"该只是战斗的经验多的
意思才有道理。除了这样看，那就老大也罢，古久也罢，反正

过去了，永远过去了，永远死亡了——一个梦，一个影子，抓不住的——；又有些"自赏"着美丽的理想。而这也只是"对于永远过去了的白昼的没有现实根据的梦想，以对于黄昏的依恋及其残存的微光，注向于黑黑的午夜，仿佛有那么一支发着苍白的光的蜡烛，奄奄一息地在黑影里朦胧地摇晃"。"这样的理想主义当然是所谓苍白的，而拥抱它的人也自然是苍白无力的人；这一拥抱就是他的消失！"那拥抱过去的人虽不一定"苍白无力"，可也不免外强中干——外强是自大，中干是自卑。总之，这两种人都是空虚的：

> 如果我们是因为空虚，则无论拥抱过去时代，无论拥抱将来的美的世界，都依然是空虚的罢。假如我们的空虚是从我们现在而来的，那么我们便会真实的觉得：过去时代像是灰白的尸体，而美的将来也简直是纸糊的美人。（一三五面）

重节操的人似乎算得强者了。然而至多只做到了有所不为的地步；其次由于"胆小而虚伪的历史观察和对于人生实践的迂拙而消极的态度"，更只止于洁身自好，真是落到了"为节而节"的末路；又其次"终于将这德行还附上了庸俗的和矫揉造作以至钓名沽誉的虚伪的面目"。一向士大夫所以自立，所以自傲的这德行，终于在著者的书页里见得悲哀，空虚，甚至于虚无了。他在《谈士节兼论周作人》的结尾道："我们是到了新的时代；历史的悲哀和空虚将结束于伟大的叛逆，也将告终于连这样的空虚和悲哀也不可能了的时代。"这末尾一语简直将节操否定得无影无迹；可是细心读了那上文委曲的分析，切实的批判，便知这否定决非感情用事，而不由人不相信。这篇文字论士节这般深透，我还是初见，或许是书中最应该细心读的。还有，悲观主义也由空虚而来。这是"像浮云一般的东西，既多变化，而又轻如天鹅绒似的"。在悲观者本人"也只是一种兴奋剂，很难成为一种动力，对于人也至多有一点轻尘似的拂扰之感，很少有引起行为的影响"。但是如愤世者所说，"现在是连悲观也悲观不起来了。"悲观者自己是疲劳了，疲劳到极点了，于是随波逐流，行尸走肉，只是混下去。这就比悲观主义更危险，更悲哀。

著者特别指出这样一种人：

> 用厌烦的心情去看可厌烦的世界，可并不会因此引起对于世界的绝望或反抗，却满足于自己的厌烦，得意着他那已经浸入到灵魂深底里去的一些文化上的垃圾，于是对一切都冷淡，使自己完全游泛在自私的市侩主义里。……这种人是一种混杂体……蒙盖在厌世的个人主义下面，实质上是市侩主义和赤精的利己主义。（二一九面）

这里指的就是三十年来流行世界的玩世主义，也正是空虚或虚无的表现。著者认为绝对的虚无主义就是绝对的利己主义；因为"人虚无到绝对的时候，实在就非利己到绝对不可，那时，就连虚无主义也并非必要的了。反之，如果要利己到绝对也就非虚无到绝对不可"。他认为市侩主义正是一种虚无主义，所以也就是一种利己主义了。这利己主义到了"惟利是逐"的地步，"却是非空虚到极点不可。现在人都以'心目中

无国家民族'一句话，咒骂并不以惟利是逐，或利己主义为羞
了的人们，殊不知在他们的心底的深处，是在感到连他们自己
都快要不存在了"。这种种都是腐蚀现在的人。

　　这种种"市风"其实都是历史在战斗中的曲折的阵势，
历史在开辟着那自觉的路。著者曾指出"老人"也可以有用；
又说"还有那在黎明以前产生的理想主义"，是会成为现实主
义的；又说悲观主义者也会变成战士。这些也都在那曲折的阵
势或"历史的矛盾"中。有了这些，那自觉的战斗的路便渐
渐分明了。人总是主动的，"必须去担当社会矛盾的裂口和榨
轧；去领受一种力以抵抗另一种相反的力"。这里"人"指人
民也指个人。

　　　　大概，人原是将脚站在实地上才觉得自己存在的
　　罢，也原是以自己的站，自己的脚力，去占领世界的
　　罢。……人怎能不从世界得到生活的实践的力，又怎
　　能不从自己的实践去归人到世界的呢？（一六六至一
　　六八面）

这就是"相信自己有力量"，就是"自信"。这里说到世
界。著者认为"向度的民族文化是向着更广泛的高度的人类价
值的发展；而在战斗的革命的民族，这就是民族之高度的革命
性的一观"。

　　说到战斗，自然想到仇恨，许多人特别强调这仇恨。著者
自然承认这仇恨的存在，但他说"爱与同情心之类，在现在，
其实大半是由仇恨与仇恨的斗争所促成的"。他说：

　　　　人类的悠久的生活斗争的历史，在人类精神上的

最大的产物是理性和对同类的爱，但这两者都是从利害的相同的自觉上而发生，而发展起来的。人们在相互之间追寻着同情和同类的爱者，主要地是受理性指使，超因于相互的利害关系，也归结于相互的利害关系。(一五三面)

然而"人在社会的利害关系中不仅从社会赋予了个人，同时也时时在从个人向社会突进着，赋予着的。而这种赋予的关系及其力量，在为共同利害的斗争上，就特别表现得明白并发展到高度"。于是"在共同利害的关系中便发生起利害的关系，在为共同利害的斗争中便产生超利害的伟大的精神。——人类的出路就在这里"。著者特别强调"战友之间的爱"，认为"即使完全不提到那战斗的目的和理想，单抽出那已经由共同战斗而结成的友爱的情感和方式来看，都已经比一般友爱更坚实，也更逼近一步理性和艺术所要求的人类爱了"。这种爱的强调给人喜悦和力量。

这些可以说是著者所认为的"科学的历史方法和历史真理"。这种历史方法和历史真理自然并非著者的发见，然而他根据自己经验的乡风与市风，经过自己的切实的思索，铸造自己严密的语言，便跟机械的公式化的说教大相径庭，而成就了他的创作。书中文字虽然并没有什么系统似的，可是其中的思想却是严密的，一贯的。而弥漫着那思想的还有那一贯的信心，著者在确信他所说的每一句话。你也许觉得他太功利些：他说的"怀古之情也是一种古的情感"，他说的对于将来的，"做梦似的幻想"，他说的"虚无的'超利害'的幻想"不免严酷了些；他攻击那"厌世的个人主义"或玩世主义，也不免过火了些。可是你觉得他有他的一贯的道理，他在全力地执着这道理，而凭了这本书，你就简直挑不出他的错儿。于是你不得不彷徨着，苦闷着。这就见出这本书的影响的力量。著者所用的语言，其实也只是常识的语言，但经过他的铸造，便见得曲折，深透，而且亲切。著者是个诗人，能够经济他的语言，所以差不多每句话都有分量；你读的时候不容易跳过一句两句，你引的时候也很难省掉一句两句。文中偶然用比喻，也新鲜活泼，见出诗人的本色来。本文所以多引原书，就因为原书的话才可以表现著者的新作风，因而也更可以表现著者的真自己。这种新作风不像小品文的轻松、幽默，可是保持着亲切；没有讽刺文的尖锐，可是保持着深刻，而加上温暖；不像长篇议论文的明快，可是不让它的广大和精确。这本书确是创作，确在充分地展开了杂文的新机能；但是一般习惯了明快的文字的人，也许需要相当大的耐心，才能够读进这本书去。

一九四六

（以上选自《语文零拾》）

中国学术的大损失

——悼闻一多先生

一

闻一多先生在昆明惨遭暗杀，激起全国的悲愤。这是民主运动的大损失，又是中国学术的大损失。关于后一方面，作者知道的比较多，现在且说个大概，来追悼这一位多年敬佩的老朋友。

大家都知道闻先生是一位诗人。他的《红烛》，尤其他的《死水》，读过的人很多。这些集子的特色之一，是那些爱国诗。在抗战以前他也许是唯一的爱国新诗人。这里可以看出他对文学的态度。新文学运动以来，许多作者都认识了文学的政治性和社会性而有所表现，可是闻先生认识得特别亲切，表现得特别强调。他在过去的诗人中最敬爱杜甫，就因为杜诗政治性和社会性最浓厚。后来他更进一步，注意原始人的歌舞；这是集团的艺术，也是与生活打成一片的艺术。他要的是热情，是力量，是火一样的生命。

但是他并不忽略语言的技巧，大家都记得他是提倡诗的新格律的人，也是创造诗的新格律的人。他创造自己的诗的语言，并且创造自己的散文的语言。诗大家都知道，不必细说。散文如《唐诗杂论》，可惜只有五篇，那经济的字句，那完密而短小的篇幅，简直是诗。我听他近来的演说，有两三回也是这么精悍，字字句句好似称量而出，却又那么自然流畅。他因此也特别能够体会古代语言的曲折处。当然，以上这些都得靠学力，但是更得靠才气，也就是想象。单就读古书而论，固然得先通文字声韵之学；可是还不够，要没有活泼的想象力，就只能做出点滴的饾饤的工作，决不能融会贯通的。这里需要细心，更需要大胆。闻先生能够体会到古代语言的表现方式，他的校勘古书，有些地方胆大得吓人，但却是细心吟味所得；平心静气读下去，不由人不信。校书本有死校活校之分；他自然是活校，而因为知识和技术的一般进步，他的成就骎骎乎驾活校的高邮王氏父子而上之。

他研究中国古代，可是他要使局部化了石的古代复活在现代的人心目中。因为这古代与现代究属于一个社会，一个国家，而历史是联贯的。我们要客观地认识古代；可是，是"我们"在客观地认识古代，现代的我们要能够在心目中想象古代的生活，要能够在心目中分享古代的生活，才能认识那活的古代，也许才是那真的古代——这也才是客观地认识古代。闻先生研究伏羲的故事或神话，是将这神话跟人们的生活打成一片；神话不是空想，不是娱乐，而是人民的生命欲和生活力的表现。这是死活存亡的消息，是人与自然斗争的纪录，非同小可。他研究《楚辞》的神话，也是一样的态度。他看屈原，也将他放在整个时代整个社会里看。他承认屈原是伟大的天才；但天才是活人，不是偶像，只有这么看，屈原的真面目也许才能再现在我们心中。他研究《周易》里的故事，也是先有一整个社会的影像在心里。研究《诗经》也如此，他看出那些情诗里不少歌咏性生活的句子；他常说笑话，说他研究《诗经》，越来越"形而下"了——其实这正表现着生命的力量。

　　他是有幽默感的人；他的认识古代，有时也靠着这种幽默感。看《匡斋尺牍》里《狼跋》一篇，便知道他能够体会到别人从不曾体会到的古人的幽默感。而所谓"匡斋"本于匡衡说诗解人颐那句话，正是幽默的意思。他的《死水》里《闻一多先生的书桌》，也是一首难得的幽默的诗。他有着强大的生命力，常跟我们说要活到八十岁，现在还不满四十八岁，竟惨死在那卑鄙恶毒的枪下！有个学生曾瞻仰他的遗体，见他"遍身血迹，双手抱头，全身痉挛"。唉，他是不甘心的，我们也是不甘心的！

　　　　　　　　　　　　　　　　《文艺复兴》三十五年。

二

　　闻先生的惨死尤其是中国文学方面一个不容易补偿的

损失。

闻先生的专门研究是《周易》《诗经》《庄子》《楚辞》《唐诗》，许多人都知道。他的研究工作至少有了二十年，发表的文字虽然不算太多，但积存的稿子却很多。这些并非零散的稿子，大都是成篇的，而且他亲手抄写得很工整。只是他总觉得还不够完密，要再加些工夫才愿意编篇成书。这可见他对于学术忠实而谨慎的态度。

他最初在唐诗上多用力量。那时已见出他是个考据家，并已见出他的考据的本领。他注重诗人的年代和诗的年代。关于唐诗的许多错误的解释与错误的批评，都由于错误的年代。他曾将唐代一部分诗人生卒年代可考者制成一幅图表，谁看了都会一目了然。他是学过图案画的，这帮助他在考据上发现了一种新技术；这技术是值得发展的。但如一般所知，他又是个诗人，并且是个在领导地位的新诗人，他亲自经过创作的甘苦，所以更能欣赏诗人与诗。他的《唐诗杂论》虽然只有五篇，但都是精彩逼人之作。这些不但将欣赏和考据融化得恰到好处，并且创造了一种诗样精粹的风格，读起来句句耐人寻味。

后来他在《诗经》《楚辞》上多用力量。我们知道要了解古代文学，必须从语言下手，就是从文字声韵下手。但必须能够活用文字声韵的种种条例，才能有所创获。闻先生最佩服王念孙父子，常将《读书杂志》《经义述闻》当作消闲的书读着。他在古书通读上有许多惊人而确切的发明。对于甲骨文和金文，也往往有独到之见。他研究《诗经》，注重那时代的风俗和信仰等等；这几年更利用佛罗依德以及人类学的理论得到一些深入的解释。他对《楚辞》的兴趣似乎更大，而尤集中于其中的神话。他的研究神话，实在给我们学术界开辟了一条新的大路。关于伏羲的故事，他曾将许多神话综合起来，头头是道，创见最多，关系极大。曾听他谈过大概，可惜写出来的还只是一小部分。他研究《周易》，是爱其中的片段的故事，注重的是社会生活经济生活的表现。近三四年他又专力研究《庄子》，探求原始道教的面目，并发见庄子一派政治上不合作的态度。以上种种都跟传统的研究不同：眼光扩大了，深入了，技术也更进步了，更周密了。所以贡献特别多，特别大。近年他又注意整个的中国文学史，打算根据经济史观去研究一番，可惜还没有动手就殉了道。

　　这真是我们一个不容易补偿的损失啊！

　　　　　　　　　　　　　　　　《国文月刊》三十五年。

文学的标准与尺度

我们说"标准"，有两个意思。一是不自觉的，一是自觉的。不自觉的是我们接受的传统的种种标准。我们应用这些标准衡量种种事物种种人，但是对这些标准本身并不怀疑，并不衡量，只照样接受下来，作为生活的方便。自觉的是我们修正了的传统的种种标准，以及采用的外来的种种标准。这种种自觉的标准，在开始出现的时候大概多少经过我们的衡量；而这种衡量是配合着生活的需要的。本文只称不自觉的种种标准为"标准"，改称种种自觉的标准为"尺度"，来显示这两者的分别。"标准"原也离不了尺度，但尺度似乎不像标准那样固定；近来常说"放宽尺度"，既然可以"放宽"，就不是固定的了。这种"标准"和"尺度"的分别，在一个变得快的时代最容易觉得出；在道德方面在学术方面如此，在文学方面也如此。

中国传统的文学以诗文为正宗，大多数出于士大夫之手。士大夫配合君主掌握着政权。做了官是大夫，没有做官是士；士是候补的大夫。君主士大夫合为一个封建集团，他们的利害是共同的。这个集团的传统的文学标准，大概可用"儒雅风流"一语来代表。载道或言志的文学以"儒雅"为标准，缘情与隐逸的文学以"风流"为标准。有的人"达则兼济天下，穷则独善其身"，表现这种情志的是载道或言志。这个得有"正其谊不谋其利，明其道不计其功"的抱负，得有"怨而不怒""温柔敦厚"的涵养，得用"镕经铸史""含英咀华"的语言。这就是"儒雅"的标准。有的人纵情于醇酒妇人，或寄情于田园山水，表现这种种情志的是缘情或隐逸之风。这个得有"妙赏""深情"和"玄心"，也得用"含英咀华"的语言。这就是"风流"的标准（关于"风流"的解释，用冯友兰先生语，见《论风流》一文中）。

　　在现阶段看整个的传统的文学，我们可以说"儒雅风流"是标准。但是看历代文学的发展，中间还有许多变化。即如诗本是"言志"的，陆机却说"诗缘情而绮靡"。"言志"其实就是"载道"，与"缘情"大不相同。陆机实在是用了新的尺度。"诗言志"这一个语在开始出现的时候，原也是一种尺度；后来得到公认而流传，就成为一种标准。说陆机用了新的尺度，是对"诗言志"那个旧尺度而言。这个新尺度后来也得到公认而流传，成为又一种标准。又如南朝文学的求新，后来文学的复古，其实都是在变化；在变化的时候也都是用着新的尺度。固然这种新尺度大致只伸缩于"儒雅"和"风流"两种标准之间，但是每回伸缩的长短不同，疏密不同，各有各的特色。文学史的扩展从这种种尺度里见出。

　　这种尺度表现在文论和选集里，也就是表现在文学批评里。中国的文学批评以各种形式出现。魏文帝的《论文》是在一般学术的批评的《典论》里，陆机《文赋》也许可以说是独立的文学批评的创始，他将文作为一个独立的课题来讨论。此后有了选集，这里面分别体类，叙述源流，指点得失，都是批评的工作。又有了《文心雕龙》和《诗品》两部批评专著。还有史书的文学传论，别集的序跋和别集中的书信。这些都是比较有系统的文学批评，各有各的尺度。这些尺度有的依据着"儒雅"那个标准，结果就是复古的文学，有的依据着"风流"那个标准，结果就是标新的文学。但是所谓复古，其实也还是求变化求新异；韩愈提倡古文，却主张务去陈言，戛戛独造，是最显著的例子。古文运动从独造新语上最见出成绩来。胡适之先生说文学革命都从文字或文体的解放开始，是有道理的，因为这里最容易见出改变了的尺度。现代语体文学是标新的，不是复古的，却也可以说是从文字或文体的解放开始；就从这语体上，分明地看出我们的新尺度。

这种语体文学的尺度，如一般人所公认，大部分是受了外国的影响，就是依据着种种外国的标准。但是我们的文学史中原也有这样一股支流，和那正宗的或主流的文学由分而合的相配而行。明代的公安派和竟陵派自然是这支流的一段，但这支流的渊源很古久，截取这一段来说是不正确的。汉以前我们的言和文比较接近，即使不能说是一致。从孔子"有教无类"起，教育渐渐开放给平民，受教育的渐渐多起来。这种受了教育的人也称为"士"，可是跟从前贵族的士不同，这些只是些"读书人"。士的增多影响了语言和文体，话要说得明白，说得详细，当时的著述是说话的纪录，自然也是这样。这里面该有平民语调的参入，虽然我们不能确切地指出。汉代辞赋发达，主要的作为宫廷文学；后来变为远于说话的骈俪的体制，士大夫就通用这种体制。可是另一方面，游历了通都大邑名山大川的司马迁，却还用那近乎说话的文体作《史记》，古里古怪的扬雄跟《问孔》《刺孟》的王充，也还用这种文体作《法言》和《论衡》；而乐府诗来自民间，不用问更近于说话。可见这种文体是废不掉的。就是骈俪文盛行的时代，也还有《世说新语》，记录那时代的说话。到了唐代的韩愈，提倡"气盛言宜"的古文，"气盛言宜"就是说话的调子，至少是近于说话的调子，还有语录和笔记，起于唐而盛于宋，还有来自民间的词，这些也都用着说话或近于说话的调子。东汉以来逐渐建立起来的门阀，到了唐代中叶垮了台，"寻常百姓"的士又增多起来，加上宋代印刷和教育的发达，所以那种详明如话的文体大大地发达了。到了元明两代，又有了戏曲和小说，更是以说话体就是语体为主。公安派竟陵派接受了这股支流，努力想将它变成主流，但是这一个尝试失败了。直到现代，一个新的尝试才完成了语体文学，新文学，也就是现代文学。

从以上一段语体文学发展的简史里可以看出种种伸缩的尺度，这些尺度大体上固然不出乎"儒雅"和"风流"那两个标准，可是像语录和笔记，有些恐怕只够"儒"而不够"雅"，有些恐怕既不够"儒"也不够"雅"，不够"雅"因为用俗语或近乎俗语，不够"儒"因为只是一些细事，无关德教，也与风流不相干。汉乐府跟《世说新语》也用俗语，虽然现在已将那些俗语看作了古典。戏曲和小说有的别忠奸，寓劝惩，叙风流，固然够得上标准，有的却不够儒雅，不算风流。在过去的文学传统里，这两种本没有地位，所谓不在话下。不过我们现在得给这些不够格的分别来个交代。我们说戏曲和小说可以见人情物理，这可以叫做"观风"的尺度，《礼记》里说诗可以"观民风"，可以观风，也就拐了弯儿达到了"儒雅"那个标准。戏曲和小说不但可以观民风，还可以观士风，而观风就是写实，就是反映社会，反映时代。这是社会的描写，时代的纪录。在我们看来，用不着再绕到"儒雅"那个标准之下，就足够存在的理由了。那些无关政教也不算风流的笔记，也可以这么看。这个"人情物理"或"观风"尺度原是依据了"儒雅"那个标准定出来的，可是唐代中叶以后，这个尺度似乎已经暗地里独立运用，这已经不是上德化下的尺度而是下情上达的尺度了。人民参加着定了这个尺度，而俗语的参入文学，正与这个尺度配合着。

　　说是人民参加着订定文学的尺度，如上文所提到的，该起于春秋末年贵族渐渐没落、平民渐渐兴起的时候。这些受了教育的平民加入了统治集团，多少还带着他们的情感和语言。这种新的士流日渐增加，自然就影响了文化的面目乃至精神。汉乐府的搜集与流行，就在这样氛围这中。《韩诗》解"伐木"一篇说到"饥者歌其食，劳者歌其事"。"饥者歌其食，劳者歌其事"正是"人情物理"，正是"观风气"；这说明了三百篇诗的一些诗，也说明了乐府里的一些诗。"饥者歌其食，劳者歌其事"，自然周代的贵族也曾如此的，可是这两句话带着浓重的平民的色彩。配合着语言的通俗，尤其可以见出。这就是前面说的"参加"，这参加倒是不自觉的。但那"人情物理"或"观风"的尺度的订定却是自觉的。汉以来的社会是士民对立,同时也是士民流通。《世说新语》里纪录一些俗语,取其自然。在"风流"的标准下,一般的固然以"含英咀华"的语言为主,但是到了这时代稍加改变,取了"自然"这个尺度,也不足为怪的。

唐代中叶以后,士民间的流通更自由了,士人是更多了。于是乎"人情物理"的著作也更多。元代蒙古人压迫汉人,士大夫的地位降低下去。真正领导文坛的是一些吏人以及"书会先生",他们依据了"人情物理"的尺度作了许多戏曲。明代士大夫的地位高了些,但是还在暴君压制之下。他们这时却恢复了文坛的领导权,他们可也在作戏曲,并且在提倡小说,作小说了。公安派竟陵派就是受了这种风气的影响而形成的。清代士大夫的地位又高了些,但是又在外族统治之下,还不能恢复元代以前的地位。他们也在作戏曲和小说,可是戏曲和小说始终还是小道,不能跟诗文并列为正宗。"人情物理"还是一种尺度,不能成为标准。但是平民对文学的影响,确乎渐渐在扩大。原来士民的对立并不是严格的,尤其在文学上,平民所表现的生活还是以他们所"不能至而心向往之"的士大夫生活为标准。他们受自己的生活折磨够了,只羡慕着士大夫的生活,可又只能耐着苦羡慕着,不知道怎样用行动去争取,至多是表现在他们的文学就是民间文学里;低级趣味是免不了的,但那时他们的理想是爬上高处去。这样,士大夫的文学接受他们的影响,也算是个顺势。虽然"人情物理"和"通俗"到清代还没有成为标准,可是"自然"这尺度从晋代以来已经渐渐成为一种标准。这究竟显出了人民的力量。

　　大清帝国改了中华民国，新文化运动新文学运动配合着五四运动画出了一个新时代。大家拥戴的是"德先生"和"赛先生"，就是民主与科学。但是实际上做到的是打倒礼教，也就是反封建的工作。反封建解放了个人，也发现了民众，于是乎有了个人主义和人道主义，前者是实践，后者还是理论。这里得指出在那个阶段上，我们是接受了种种外国标准，而向现代化进行着。这时的社会已经不是士民的对立，而是封建的军阀官僚和人民的对立。从清末开设学校，受教育的人大量增多。士或读书人渐渐变了质；对这时一部分成为军阀和官僚的帮闲，大部分却成了游离的知识阶级。知识阶级从军阀和官僚独立，却还不能跟民众联合起来，所以是游离着。这里面大部分是青年学生。这时候的文学是语体文学，开始似乎是应用着"人情物理""通俗"那两个尺度以及"自然"那个标准。然而"人情物理"变了质，成为"打倒礼教"，就是"反封建"，也就是"个人主义"这个标准，"通俗"和"自然"也让步给那"欧化"的新尺度；这"欧化"的尺度后来并且也成了标准。用欧化的语言表现个人主义，顺带着人道主义，是这时期知识阶级向着现代化的路。

　　五卅运动接着国民革命，发展了反帝国主义运动；于是"反帝国主义"也成了文学的一种尺度。抗战起来了，"抗战"立即成了一切的标准，文学自然也在其中。胜利却带来了一个动乱时代，民主运动发展，"民主"成了广大应用的尺度，文学也在其中。这时候知识阶级渐渐走近了民众，"人道主义"

那个尺度变质成为"社会主义"的尺度，"自然"又调剂着"欧化"，这样与"民主"配合起来。但是实际上做到的还只是暴露丑恶和斗争丑恶。这是向着新社会发脚的路。受教育的越来越多，这条路上的人也将越来越多，文学终于要配合上那新的"民主"的尺度向前迈进的。大概文学的标准和尺度的变换，都与生活配合着，采用外国的标准也如此。表面上好像只是求新，其实求新是为了生活的高度深度或广度。社会上存在着特权阶级的时候，他们只见到高度和深度；特权阶级垮台以后，才能见到广度。从前有所谓雅俗之分，现在也还有低级趣味，就是从高度深度来比较的。可是现在渐渐强调广度，去配合着高度深度，普及同时也提高，这才是新的"民主"的尺度。要使这新尺度成为文学的新标准，还有待于我们自觉的努力。

《大公报》三十六年。

论通俗化

文体通俗化运动起于清朝末年。那时维新的士人急于开通民智，一方面创了报章文体，所谓"新文体"，给受过教育的人说教，一方面用白话印书办报，给识得些字的人说教，再一方面推行官话字母等，给没有受过教育的人说教。前两种都是文体的通俗化，后一种虽然注重在新的文字，但就写成的文体而论，也还是通俗化。

这种用字母拼写的文体，在当时所能表现的题材大概是有限的。据记载，这种字母的确曾经深入农村，农民会用字母来写便条，那大概是些很简单的话。最复杂的自然的"新文体"，可是通俗性大概也就比较的最小。居中的是那些白话书报。这种白话我看到的不多，就记得的来说，好像明白详尽，老老实实，直来直去。好像从语录和白话小说化出；我们这些人读起来大概没有什么味儿。

原来这种白话只是给那些识得些字的人预备的，士人们自己是不屑用的。他们还在用他们的"雅言"，就是古文，最低限度也得用"新文体"；俗语的白话只是一种慈善文体罢了。然而革命了，民国了，新文学运动了，胡适之先生和陈独秀先生主张白话是正宗的文学用语，大家该一律用白话作文，不该有士和民的分别。五四运动加速了新文学运动的成功，白话真的成为正宗的文学用语。而"新文体"也渐渐地在白话化，留心报纸的文体就可以知道。"一律用白话来作文"的日子大概也不远了。

胡先生等提倡的白话，大概还是用语录和白话小说等做底子，只是这时代的他们接受了西化，思想精密了，文章也简洁了。他们将雅俗一元化，而注重在"明白"或"懂得性"上，这也可以说是平民化。然而"欧化"来了，"新典主义"来了。这配合着第一次世界大战给中国带来的暂时的繁荣，和在这繁荣里知识阶级生活欧化或现代化的趋向，也是"势有必至，理有固然"。于是乎已故的宋阳先生指出这是绅士们的白话，他提倡"大众语"，这当儿更有人提倡拼音的"新文学"。这不是通俗化而是大众化。而大众就是大众，再没有"雅"的分儿。

然而那时候这还只能够是理想；大众不能写作，写作的还只是些知识分子。于是乎先试验着从利用民间的旧形式下手，抗战后并且有过一回民族形式的讨论。讨论的结果似乎是：民族形式可以利用，但是还接受五四的文学传统，还容许相当的欧化。这时候又有人提倡"通俗文学"，就是利用民族形式的文学。不但提倡，并且写作。参加的人有些的确熟悉民族形式，认真地做去。但是他们将通俗文学和一般文学分开，不免落了"雅俗"的老套子。于是有人指出，通俗文学的目标该是一元的；扬弃知识阶级的绅士身份，提高大众的鉴赏水准，这样打成一片，平民化，大众化。

　　但是说来容易做来难。民间文学虽然有天真、朴素、健康等长处，却也免不了丑角气氛、套语烂调，琐屑啰嗦等毛病。这是封建社会麻痹了民众才如此的。利用旧形式而要免去这些毛病，的确很难。除非民众的生活大大地改变，他们自己先在旧瓶里装上新酒，那么用起旧形式来意义才会不同。这自然还是从知识分子方面看，因为从民众里培养出作家，现在还只是理想。不过就是民众生活改变了，知识分子还得和他们共同生活一个时期，多少打成一片，用起旧形式来，才能有血有肉。所以真难。

　　再说普通所谓旧形式，大概指的是韵文，散文似乎只是说书；这就是说散文是比较的不发达的。原来民众欣赏文艺，一向以音乐性为主，所以对韵文的要求大。他们要故事，但是情节得简单，得有头有尾。描写不要精细曲折，可是得详尽，得全貌。这两种要求并不冲突。一因为情节尽管简单，每一个情节或人物还不妨详尽地描写。至于整个故事组织不匀称，他们倒不在乎的。韵文故事如此，散文的更得如此，这就难。

　　然而有些地方的民众究竟大变了，他们自己先在旧瓶里装上新酒，例如赵树理先生《李有才板话》里的那些段"快板"的语句。这些快板也许多少经过赵先生的润色，但是相信他根据的，原来就已经是旧瓶里的新酒。有了那种生活，才有那种农民，才有那种快板，才有快板里那种新的语言。赵先生和那些农民共同生活了很久，也才能用新的语言写出书里的那些新的故事。这里说"新的语言"，因为快板和那些故事的语言或文体都尽量扬弃了民族形式的封建气氛，而采取了改变中的农民的活的口语。自己正在觉醒的人民，特别宝爱自己的语言，但是李有才这些人还不能自己写作，他们需要赵先生这样的代言人。

书里的快板并不多，是以散文为主。朴素、健康，而不过火，确算得新写实主义的作风。故事简单，有头有尾，有血有肉。描写差不多没有，偶然有，也只就那农村生活里取喻，简截了当，可是新鲜有味。另有长篇《李家庄的变迁》，也是赵先生写的。周扬先生认为赶不上"板话"里那些短篇完整。这里有了比较详尽的描写，故事也有头有尾，虽然不太简单，可是作者利用了重复的手法，就觉得也还单纯。这重复的手法正是主要的民族形式；作者能够活用，就不腻味。而全书文体或语言还能够庄重、简明、不啰嗦。这也就不易了。这里的确是在结束通俗化而开始了大众化。

《燕京新闻》，三十六年。

论标语口号

许多人讨厌标语口号，笔者也是一个。可是从北伐到现在二十多年了，标语口号一直流行着；虽然小有盛衰，可是一直流行着。现在标语口号是显然又盛起来了。这值得我们想想，为什么会如此呢？是一般人爱起哄吗？还是标语口号的确有用，非用不可呢？

标语口号的办法虽然是外来的，然而在我们的文化传统里也未尝没有根据。我们说"登高一呼，群山四应"，说"大声疾呼"，说"发聋振聩"，都指先知先觉或志士仁人而言，近代又说"唤醒人民""唤起民众"，更强调了人民或民众。这里的"呼"和"唤"，正是一种口号，为的是"发聋振聩"，是"群山四应"（这是一个比喻，就是众人四应），是人民的觉醒与起来。这"呼"和"唤"是一种领导作用，领导着人们行动，向着某一些目的。这是由上而下的。孟子引《尚书》的《汤誓篇》，说夏桀的时候，人民怨恨那暴政，喊出"时日害丧，予及汝皆亡！"孟子说，"民欲与之皆亡"，是不错的。用现在的话，就是"太阳啊，你灭亡罢！我们一块儿灭亡罢！"这是反抗的口号，是由下而上的。

我们向来没有"标语"这个名称，但是有格言，有名言。格言常常用作修养的标准，就是为学与做人的标准，如"一寸光阴一寸金"（抗战期中"一滴汽油一滴血"的标语就是套的这个调子）之类。"名言"这个名称是笔者暂定的，指的是"饿死事小，失节事大"，乃至"天下兴亡，匹夫有责"这一类的话；这些话常常用作批评的标准，就是论人论事的标准。格言偏个人的修养，名言的作用似乎广泛些，所以另给加上这个"名言"的名目。格言也罢，名言也罢，作用其实都在指示人们行动，向着某一些目的。现在的标语也正是如此；格言常常写来贴在墙上，更和标语近些。但是格言和名言似乎都只是由上而下的。封建时代在下的农民地位是那么低，知识是那么浅，他们的话难得见于记载，更不必提入"格"和成"名"了，没有他们的分儿，也是自然的。

然而先知先觉或志士仁人是寥寥可数的。就是近代，说清末罢，在做唤醒或唤起人民的工作的也还不算多。一方面格言名言都经过相当的时间的淘汰，才见出分量，也就不会太多，更重要的是，这一切都拿一个个的人做对象。"群山四应"是一个峰也就是一个人一个人在那儿应，"唤醒"或"唤起"的，是一个个的人民或民众的一个个人，总之还没有明朗的集体的意念。现代标语口号却以集体为主，集体的贴标语喊口号，拿更大的集体来做对象。不但要唤醒集体的人群或民众起来行动，并且要帮助他们组织起来。标语口号往往就是这种集体运动的纲领。集体的力量渐渐发展，广大的下层民众也渐渐有了地位。标语口号有些是代他们说的，也未尝没有他们自己说的。于是乎标语口号多起来了，也就不免滥起来了。

　　集体的力量的表现，往往不免骚动或动乱。足以打搅多少时间的平静，而对于个人，这种力量又往往是一种压迫，足以妨碍自由。知识分子一般是爱平静爱自由的个人主义者，一时自然不容易接受这种表现，因此对目见耳闻的标语口号就不免厌烦起来。再说格言和名言是理智的结晶，作用在"渐"，标语口号多而且滥，以激动情感为主，作用在"顿"，跟所谓"登高一呼""大声疾呼"也许相近些。冷静惯了的知识分子不免觉得这是起哄，这是叫嚣，这是符咒，这是语文的魔术。然而这里正见出了标语口号的力量。人们为求生存，要求吃饭，怎么能单怪他们起哄或叫嚣呢？"符咒"也罢，"魔术"也罢，只要有效。只要能以达到人们的要求，达成人们的目的，也未尝不好。况且标语口号是有意义可解的，跟符咒和魔术的全凭迷信的究竟不同。古语说"口诛笔伐"，口和笔本来可以用来做战斗的武器，标语口号正是战斗的武器啊。

　　但是标语口号既然多而且滥，就不免落套子，就不免公式化，因此让人们觉得没分量，不值钱。公式化足以麻痹集体的力量，但是在集体的表现里，这也是不可免的。这个需要有经验的领导，有经验的宣传家来指示，来帮助。标语口号虽然要激动情感，可是标语口号的提出和制造，不该只是情感的爆发，该让理智控制着。标语口号要简单直截，如"打倒军阀""打倒帝国主义""抗战到底"乃至现在流行的"我们要吃饭"等。这些还有一层好处，就是贴出也成，喊出也成。真简截的标语口号，该都可以两用。但是像"饥饿事大，读书事小"

这标语，虽然不宜于喊出，因为太文了，不够直截，可是套了"饿死事小，失节事大"那句过了时的名言，一面讽刺了道学家，一面强调了饥饿的现实性，也足以让知识分子大家仔细想想。

标语口号用在战斗当中，有现实性是必然的；但是由于认识的足够与否，表达出来的现实性也有多有少。不过标语口号有些时候竟用来装点门面，在当事人随意地写写叫叫，只图个好看好听。其实这种不由衷的语句，这种口是心非的呼声，终于是不会有人去看去听的；看了听了也只是个讨厌。古人说"修辞立其诚"，标语口号要发生领导群众的作用，众目所视，众手所指，有一丝一毫的不诚都是遮掩不住的。大家最讨厌的其实就是这种已经失掉标语口号性的标语口号，却往往连累了别种标语口号，也不分皂白地讨厌起来，这是不公道的。我们这些知识分子现在虽然还未必能够完全接受标语口号这办法，但是标语口号有它们存在的理由，我们是该去求了解的。

《知音与生活》，三十六年。

论气节

气节是我国固有的道德标准，现代还用着这个标准来衡量人们的行为，主要的是所谓读书人或士人的立身处世之道。但这似乎只在中年一代如此，青年代倒像不大理会这种传统的标准，他们在用着正在建立的新的标准，也可以叫做新的尺度。中年代一般的接受这传统，青年代却不理会它，这种脱节的现象是这种变的时代或动乱时代常有的。因此就引不起什么讨论。直到近年，冯雪峰先生才将这标准这传统作为问题提出，加以分析和批判，这是在他的《乡风与市风》那本杂文集里。

冯先生指出"士节"的两种典型：一是忠臣，一是清高之士。他说后者往往因为脱离了现实，成为"为节而节"的虚无主义者，结果往往会失了节。他却又说"士节"是对人生的一种坚定的态度，是个人意志独立的表现。因此也可以成就接近人民的叛逆者或革命家，但是这种人物的造就或完成，只有在后来的时代，例如我们的时代。冯先生的分析，笔者大体同意；对这个问题笔者近来也常常加以思索，现在写出自己的一些意见，也许可以补充冯先生所没有说到的。

气和节似乎原是两个各自独立的意念。《左传》上有"一鼓作气"的话，是说战斗的。后来所谓"士气"就是这个气，也就是"斗志"；这个"士"指的是武士。孟子提倡的"浩然之气"似乎就是这个气的转变与扩充。他说"至大至刚"，说"养勇"，都是带有战斗性的。"浩然之气"是"集义所生"，"义"就是"有理"或"公道"。后来所谓"义气"，意思要狭隘些，可也算是"浩然之气"的分支。现在我们常说的"正义感"，虽然特别强调现实，似乎也还可以算是跟"浩然之气"联系着的。至于文天祥所歌咏的"正气"更显然跟"浩然之气"一脉相承。不过在笔者看来，两者却并不完全相同，文氏似乎在强调那消极的节。

节的意念也在先秦时代就有了。《左传》里有"圣达节，次守节，下失节"的话。古代注重礼乐，乐的精神是"和"，礼的精神是"节"。礼乐是贵族生活的手段，也可以说是目的。他们要定等级，明分际，要有稳固的社会秩序，所以要"节"，但是他们要统治，要上统下，所以也要"和"。礼以"节"为主，可也得跟"和"配合着；乐以"和"为主，可也得跟"节"配合着。节跟和是相反相成的。明白了这个道理，我们可以说所谓"圣达节"等等的"节"，是从礼乐里引申出来成了行为的标准或做人的标准；而这个节其实也就是传统的"中道"。按说"和"也是中道，不同的是"和"重在合，"节"重在分；重在分所以重在不犯不乱，这就带上消极性了。

向来论气节的，大概总从东汉末年的党祸起头。那是所谓处士横议的时代。在野的士人纷纷地批评和攻击宦官们的贪污政治，中心似乎在太学。这些在野的士人虽然没有严密的组织，却已经在联合起来，并且博得了人民的同情。宦官们害怕了，于是乎逮捕拘禁那些领导人。这就是所谓"党锢"或"钩党"，"钩"是"钩连"的意思。从这两个名称上可以见出这是一种群众的力量。那时逃亡的党人，家家愿意收容着，所谓"望门投止"，也可以见出人民的态度，这种党人，大家尊为气节之士。气是敢作敢为，节是有所不为——有所不为也就是不合作。这敢作敢为是以集体的力量为基础的，跟孟子的"浩然之气"与世俗所谓"义气"只注重领导者的个人不一样。后来宋朝几千大学生请愿罢免奸臣，以及明朝东林党的攻击宦官，都是集体行动，也都是气节的表现。但是这种表现里似乎积极的"气"更重于消极的"节"。

　　在专制时代的种种社会条件之下，集体的行动是不容易表现的，于是士人的立身处世就偏向了"节"这个标准。在朝的要做忠臣。这种忠节或是表现在冒犯君主尊严的直谏上，有时因此牺牲性命；或是表现在不做新朝的官甚至以身殉国上。忠而至于死，那是忠而又烈了。在野的要做清高之士，这种人表示不愿和在朝的人合作，因而游离于现实之外，或者更逃避到山林之中，那就是隐逸之士了。这两种节，忠节与高节，都是个人的消极的表现。忠节至多造就一些失败的英雄，高节更只能造就一些明哲保身的自了汉，甚至于一些虚无主义者。原来气是动的，可以变化。我们常说志气，志是心之所向，可以在四方，可以在千里，志和气是配合着的。节却是静的，不变的；所以要"守节"，要不"失节"。有时候节甚至于是死的，死的节跟活的现实脱了榫，于是乎自命清高的人结果变了节，冯雪峰先生论到周作人，就是眼前的例子。从统治阶级的立场看，"忠言逆耳利于行"，忠臣到底是卫护着这个阶级的，而清高之士消纳了叛逆者，也是有利于这个阶级的。所以宋朝人说"饿死事小，失节事大"，原先说的是女人，后来也用来说士人，这正是统治阶级代言人的口气，但是也表示着到了那时代，士的个人地位的增高和责任的加重。

"士"或称为"读书人"，是统治阶级最下层的单位，并非"帮闲"。他们的利害跟君相是共同的，在朝固然如此，在野也未尝不如此。固然在野的处士可以不受君臣名分的束缚，可以"不事王侯，高尚其事"，但是他们得吃饭，这饭恐怕还得靠农民耕给他们吃，而这些农民大概是属于他们做官的祖宗的遗产的。"躬耕"往往是一句门面话，就是偶然有个把真正躬耕的如陶渊明，精神上或意识形态上也还是在负着天下兴亡之责的士，陶的《述酒》等诗就是证据。可见处士虽然有时横议，那只是自家人吵嘴闹架，他们生活的基础一般的主要的还是在农民的劳动上，跟君主与在朝的大夫并无两样，而一般的主要的意识形态，彼此也是一致的。

然而士终于变质了，这可以说是到了民国时代才显著。从清朝末年开设学校，教员和学生渐渐加多，他们渐渐各自形成一个集团；其中有不少的人参加革新运动或革命运动，而大多数也倾向着这两种运动。这已是气重于节了。等到民国成立，理论上人民是主人，事实上是军阀争权。这时代的教员和学生意识着自己的主人身份，游离了统治的军阀；他们是在野，可是由于军阀政治的腐败，却渐渐获得了一种领导的地位，他们虽然还不能和民众打成一片，但是已经在渐渐地接近民众。五四运动划出了一个新时代。自由主义建筑在自由职业和社会分工的基础上。教员是自由职业者，不是官，也不是候补的官。学生也可以选择多元的职业，不是只有做官一路。他们于是从统治阶级独立，不再是"士"或所谓"读书人"，而变成了"知识分子"，集体的就是"知识阶级"。残馀的"士"或"读书人"自然也还有，不过只是些残馀罢了。这种变质是中国现代化的过程的一段，而中国的知识阶级在这过程中也曾尽了并且还在想尽他们的任务，跟这时代世界上别处的知识阶级一样，也分享着他们一般的运命。若用气节的标准来衡量，这些知识分子或这个知识阶级开头是气重于节，到了现在却又似乎是节重于气了。

知识阶级开头凭着集团的力量勇猛直前，打倒种种传统，那时候是敢作敢为一股气。可是这个集团并不大，在中国尤其如此，力量到底有限，而与民众打成一片又不容易，于是碰到集中的武力，甚至加上外来的压力，就抵挡不住。而一方面广大的民众抬头要饭吃，他们也没法满足这些饥饿的民众。他们于是失去了领导的地位，逗留在这夹缝中间，渐渐感觉着不自由，闹了个"四大金刚悬空八只脚"。他们于是只能保守着自己，这也算是节罢；也想缓缓地落下地去，可是气不足，得等着瞧。可是这里的是偏于中年一代。青年代的知识分子却不如此，他们无视传统的"气节"，特别是那种消极的"节"，替代的是"正义感"，接着"正义感"的是"行动"，其实"正义感"是合并了"气"和"节"，"行动"还是"气"。这是他们

的新的做人的尺度。等到这个尺度成为标准，知识阶级大概是
还要变质的罢？

《知识与生活》，三十六年。

论吃饭

我们有自古流传的两句话：一是"衣食足则知荣辱"，见于《管子·牧民篇》，一是"民以食为天"，是汉朝郦食其说的。这些都是从实际政治上认出了民食的基本性，也就是说从人民方面看，吃饭第一。另一方面，告子说，"食，色，性也"，是从人生哲学上肯定了食是生活的两大基本要求之一。《礼记·礼运篇》也说到"饮食男女，人之大欲存焉"，这更明白。照后面这两句话，吃饭和性欲是同等重要的，可是照这两句话里的次序，"食"或"饮食"都在前头，所以还是吃饭第一。

这吃饭第一的道理，一般社会似乎也都默认。虽然历史上没有明白的记载，但是近代的情形，据我们的耳闻目见，似乎足以教我们相信从古如此。例如苏北的饥民群到江南就食，差不多年年有。最近天津《大公报》登载的费孝通先生的《不是崩溃是瘫痪》一文中就提到这个。这些难民虽然让人们讨厌，可是得给他们饭吃。给他们饭吃固然也有一二成出于慈善心，就是恻隐心，但是八九成是怕他们，怕他们铤而走险，"小人穷斯滥矣"，什么事做不出来！给他们饭吃，江南人算是认了。

可是法律管不着他们吗？官儿管不着他们吗？干吗要怕要认呢？可是法律不外乎人情，没饭吃要吃饭是人情，人情不是法律和官儿压得下的。没饭吃会饿死，严刑峻罚大不了也只是个死，这是一群人，群就是力量：谁怕谁！在怕的倒是那些有饭吃的人们，他们没奈何只得认点儿。所谓人情，就是自然的需求，就是基本的欲望，其实也就是基本的权利。但是饥民群还不自觉有这种权利，一般社会也还不曾认清他们有这种权利；饥民群只是冲动地要吃饭，而一般社会给他们饭吃，也只是默认了他们的道理，这道理就是吃饭第一。

三十年夏天笔者在成都住家，知道了所谓"吃大户"的情形。那正是青黄不接的时候，天又干，米粮大涨价，并且不容易买到手。于是乎一群一群的贫民一面抢米仓，一面"吃大户"。他们开进大户人家，让他们煮出饭来吃了就走。这叫做"吃大户"。"吃大户"是和平的手段，照惯例是不能拒绝的，虽然被吃的人家不乐意。当然真正有势力的尤其有枪杆的大户，穷人们也识相，是不敢去吃的。敢去吃的那些大户，被吃了也只好认了。那回一直这样吃了两三天，地面上一面赶办平粜，一面严令禁止，才打住了。据说这"吃大户"是古风；那么上文说的饥民就食，该更是古风罢。

但是儒家对于吃饭却另有标准。孔子认为政治的信用比民食更重，孟子倒是以民食为仁政的根本；这因为春秋时代不必争取人民，战国时代就非争取人民不可。然而他们论到士人，却都将吃饭看作一个不足重轻的项目。孔子说，"君子固穷"，说吃粗饭，喝冷水，"乐在其中"，又称赞颜回吃喝不够，"不改其乐"。道学家称这种乐处为"孔颜乐处",他们教人"寻孔颜乐处",学习这种为理想而忍饥挨饿的精神。这理想就是孟子说的"穷则独善其身,达则兼善天下",也就是所谓"节"和"道"。孟子一方面不赞成告子说的"食,色,性也",一方面在论"大丈夫"的时候列入了"贫贱不能移"一个条件。战国时代的"大丈夫",相当于春秋时的"君子",都是治人的劳心的人。这些人虽然也有饿饭的时候,但是一朝得了时,吃饭是不成问题的,不像小民往往一辈子为了吃饭而挣扎着。因此士人就不难将道和节放在第一,而认为吃饭好像是一个不足重轻的项目了。

伯夷叔齐据说反对周武王伐纣,认为以臣伐君,因此不食周粟,饿死在首阳山。这也是只顾理想的节而不顾吃饭的。配合着儒家的理论,伯夷叔齐成为士人立身的一种特殊的标准。所谓特殊的标准就是理想的最高的标准;士人虽然不一定人人都要做到这地步,但是能够做到这地步最好。

经过宋朝道学家的提倡,这标准更成了一般的标准,士人连妇女都要做到这地步。这就是所谓"饿死事小,失节事大"。这句话原来是论妇女的,后来却扩而充之普遍应用起来,造成了无数的惨酷的愚蠢的殉节事件。这正是"吃人的礼教"。人不吃饭,礼教吃人,到了这地步总是不合理的。

士人对于吃饭却还有另一种实际的看法。北宋的宋郊宋祁兄弟俩都做了大官,住宅挨着。宋祁那边常常宴会歌舞,宋郊听不下去,教人和他弟弟说,问他还记得当年在和尚庙里咬菜根否?宋祁却答得妙:请问当年咬菜根是为什么来着!这正是所谓"吃得苦中苦，方为人上人"。做了"人上人"，吃得好，穿得好，玩儿得好；"兼善天下"于是成了个幌子。照这个看法，忍饥挨饿或者吃粗饭，喝冷水，只是为了有朝一日可以大吃大喝，痛快地玩儿。吃饭第一原是人情，大多数士人恐怕正是这么在想。不过宋郊宋祁的时代，道学刚起头，所以宋祁还敢公然表示他的享乐主义；后来士人的地位增进，责任加重，道学的严格的标准掩护着也约束着在治者地位的士人，他们大多数心里尽管那么在想，嘴里却就不敢说出。嘴里虽然不敢说出，可是实际上往往还是在享乐着。于是他们多吃多喝，就有了少吃少喝的人；这少吃少喝的自然是被治的广大的民众。

民众，尤其农民，大多数是听天由命安分守己的，他们惯于忍饥挨饿，几千年来都如此。除非到了最后关头，他们是不会行动的。他们到别处就食，抢米，吃大户，甚至于造反，都是被逼得无路可走才如此。这里可以注意的是他们不说话；"不得了"就行动，忍得住就沉默。他们要饭吃，却不知道自己应该有饭吃；他们行动，却觉得这种行动是不合法的，所以就索性不说什么话。说话的还是士人。他们由于印刷的发明和教育的发展等等，人数加多了，吃饭的机会可并不加多，于是许多人也感到吃饭难了。这就有了"世上无如吃饭难"的慨叹。虽然难，比起小民来还是容易。因为他们究竟属于治者，"百足之虫，死而不僵"，有的是做官的本家和亲戚朋友，总得给口饭吃；这饭并且总比小民吃的好。孟子说做官可以让"所识穷乏者得我"，自古以来做了官就有引用穷本家穷亲戚穷朋友的义务。到了民国，黎元洪总统更提出了"有饭大家吃"的话。这真是"菩萨"心肠，可是当时只常作笑话。原来这句话说在一位总统嘴里，就是贤愚不分，赏罚不明，就是糊涂。然而到了那时候，这句话却已经藏在差不多每一个士人的心里。难得的倒是这糊涂！

第一次世界大战加上五四运动，带来了一连串的变化，中华民国在一颠一拐地走着之字路，走向现代化了。我们有了知识阶级，也有了劳动阶级，有了索薪，也有了罢工，这些都在要求"有饭大家吃"。知识阶级改变了士人的面目，劳动阶级改变了小民的面目。他们开始了集体的行动；他们不能再安贫乐道了，也不能再安分守己了，他们认出了吃饭是天赋人权，公开地要饭吃，不是大吃大喝，是够吃够喝，甚至于只要有吃有喝。然而这还只是刚起头。到了这次世界大战当中，罗斯福总统提出了四大自由，第四项是"免于匮乏的自由"。"匮乏"自然以没饭吃为首，人们至少该自免于没饭吃的自由。这就加强了人民的吃饭权，也肯定了人民的吃饭的要求；这也是"有饭大家吃"，但是着眼在平民，在全民，意义大不同了。

抗战胜利后的中国，想不到吃饭更难，没饭吃的也更多了。到了今天一般人民真是不得了，再也忍不住了，吃不饱甚至没饭吃，什么礼义什么文化都说不上。这日子就是不知道吃饭权也会起来行动了，知道了吃饭权的，更怎么能够不起来行动，要求这种"免于匮乏的自由"呢？于是学生写出"饥饿事大，读书事小"的标语，工人喊出"我们要吃饭"的口号。这是我们历史上第一回一般人民公开地承认了吃饭第一。这其实比闷在心里糊涂的骚动好得多；这是集体的要求，集体是有组织的，有组织就不容易大乱了。可是有组织也不容易散；人情加上人权，这集体的行动是压不下也打不散的，直到大家有饭吃的那一天。

上海《大公报》，三十六年。

古文学的欣赏

新文学运动开始的时候，胡适之先生宣布"古文"是"死文学"，给它撞丧钟，发讣闻。所谓"古文"，包括正宗的古文学。他是教人不必再做古文，却显然没有教人不必阅读和欣赏古文学。可是那时提倡新文化运动的人，如吴稚晖、钱玄同两位先生，却教人将线装书丢在毛厕里。后来有过一回"骸骨的迷恋"的讨论，也是反对做旧诗，不是反对读旧诗。但是两回反对读经运动却是反对"读"的。反对读经，其实是反对礼教，反对封建思想；因为主张读经的人是主张传道给青年人，而他们心目中的道大概不离乎礼教，不离乎封建思想。强迫中小学生读经没有成为事实，却改了选读古书，为的了解"固有文化"。为了解固有文化而选读古书，似乎是国民分内的事，所以大家没有说话。可是后来有了"本位文化"论，引起许多人的反感；本位文化论跟早年的保存国粹论同而不同，这不是残馀的而是新兴的反动势力。这激起许多人，特别是青年人，反对读古书。

可是另一方面，在本位文化论之前有过一段关于"文学遗产"的讨论。讨论的主旨是如何接受文学遗产。倒不是扬弃它；自然，讨论到"如何"接受，也不免有所分别扬弃的。讨论似乎没有多少具体的结果，但是"批判的接受"这个广泛的原则，大家好像都承认，接着还有一回范围较小，性质相近的讨论。那是关于《庄子》和《文选》的。说《庄子》和《文选》的词汇可以帮助语体文的写作，的确有些不切实际。接受文学遗产若从"做"的一面看，似乎只有写作的态度可以直接供我们参考，至于篇章字句，文言语体各有标准，我们尽可以比较研究，却不能直接学习。因此许多大中学生厌弃教本里的文言，认为无益于写作；他们反对读古书，这也是主要的原因之一。但是流行的作文法，修辞学，文学概论这些书，举例说明，往往古今中外兼容并包；青年人对这些书里的"古文今解"倒是津津有味地读着，并不厌弃似的。从这里可以看出青年人虽然不愿信古，不愿学古，可是给予适当的帮助，他们却愿意也能够欣赏古文学，这也就是接受文学遗产了。

说到古今中外，我们自然想到翻译的外国文学。从新文学运动以来，语体翻译的外国作品数目不少，其中近代作品占多数；这几年更集中于现代作品，尤其是苏联的。但是希腊罗马的古典，也有人译，有人读，直到最近都如此。莎士比亚至少也有两种译本。可见一般读者（自然是青年人多），对外国的古典也在爱好着。可见只要能够让他们接近，他们似乎是愿意接受文学遗产的，不论中外。而事实上外国的古典倒容易接近些。有些青年人以为古书古文学里的生活跟现代隔得太远，远得渺渺茫茫的，所以他们不能也愿接受那些。但是外国古典该隔得更远了，怎么事实上倒反容易接受些呢？我想从头来说起，古人所谓"人情不相远"是有道理的。尽管社会会组织不一样，尽管意识形态不一样，人情总还有不相远的地方。喜怒哀乐爱恶欲总还是喜怒哀乐爱恶欲，虽然对象尽同，表现也不尽同。对象和表现的不同，由于风俗习惯的不同；风俗习惯的不同，由于地理环境和社会组织的不同。使我们跟古代跟外国隔得远的，就是这种种风俗习惯；而使我们跟古文学跟外国文学隔得远的，尤其是可以算做风俗习惯的一环的语言文字。语体翻译的外国文学打通了这一关，所以倒比古文学容易接受些。

　　人情或人性不相远，而历史是连续的，这才说得上接受古文学。但是这是现代，我们有我们的立场。得弄清楚自己的立场，再弄清楚古文学的立场，所谓"知己知彼"，然后才能分别出哪些是该扬弃的，哪些是该保留的。弄清楚立场就是清算，也就是批判；"批判的接受"就是一面接受着，一面批判着。自己有立场，却并不妨碍了解或认识古文学，因为一面可以设身处地为古人着想，一面还是可以回到自己立场上批判的。这"设身处地"是欣赏的重要的关键，也就是所谓"感情移入"。个人生活在群体中，多少能够体会别人，多少能够为别人着想。关心朋友，关心大众，恕道和同情，都由于设身处地为别人着想；甚至"替古人担忧"也由于此。演戏，看戏，一是设身处地的演出，一是设身处地的看入。做人不要做坏人，做戏有时候却得做坏人。看戏恨坏人，有的人竟会丢石子，甚至动手去打那戏台上的坏人。打起来确是过了分，然而不能不算是欣赏那坏人做得好，好得教这种看戏曲，忘了

"我"。这种忘了"我"的人显然没有在批判着。有批判力的就不至如此，他们欣赏着，一面常常回到自己，自己的立场。欣赏跟行动分得开，欣赏有时可以影响行动，有时可以不影响，自己有分寸，做得主，就不至于糊涂了。读了武侠小说就结伴上峨眉山，的确是糊涂。所以培养欣赏力同时得培养批判力；不然，"有毒的"东西就太多了。然而青年人不愿意接受有些古书和古文学，倒不一定是怕那"毒"。他们的第一难关还是语言文字。

打通了语言文字这一关，欣赏古文学的就不会少，虽然不会赶上欣赏现代文学的多。语体翻译的外国古典可以为证。语体的旧小说如《水浒传》《西游记》《红楼梦》《儒林外史》，现在的读者大概比二三十年前要减少了，但是还拥有相当广大的读众。这些人欣赏打虎的武松，焚稿的林黛玉，却一般的未必崇拜武松，尤其未必崇拜林黛玉。他们欣赏武松的勇气和林黛玉的痴情，却嫌武松无知识，林黛玉不健康。欣赏跟崇拜也是分得开的。欣赏是情感的操练，可以增加情感的广度、深度，也可以增加高度。欣赏的对象或古或今，或中或外，影响行动或浅或深，但是那影响总是间接的；直接的影响是在情感上。有些行动固然可以直接影响情感，但是欣赏的机会似乎更容易得到些。要培养情感，欣赏的机会越多越好；就文学而论，古今中外越多能欣赏越好。这其间古文和外国语学都有一道难关，语言文字。外国文学可用语体翻译，古文学的难关该也不难打通的。

我们得承认古文确是"死文字"，死语言，跟现在的语体或白话不是一种语言。这样看，打通这一关也可以用语体翻译。这办法早就有人用过，现代也还有人用着。记得清末有一部《古文析义》，每篇古文后边有一篇白话的解释，其实就是逐句的翻译。那些翻译够清楚的，虽然啰唆些。但是那只是一部不登大雅之堂的启蒙书，不会引起人们注意。五四运动以后，整理国故引起了古书今译。顾颉刚先生的《盘庚篇今译》（见《古史辨》），最先引起我们的注意。他是要打破古书奥妙的气氛，所以将《尚书》里佶屈聱牙的这《盘庚》三篇用语体译出来，让大家看出那"鬼治主义"的把戏。他的翻译很谨严，也够确切；最难得的，又是三篇简洁明畅的白话散文，独立起来看，也有意思。近来郭沫若先生在《由周代农事诗论到周代社会》一文（见《青铜时代》）里翻译了《诗经》的十篇诗，风雅颂都有。他是用来论周代社会的，译文可也都是明畅的素朴的白话散文诗。此外还有将《诗经》《楚辞》和《论语》作为文学来今译的，都是有意义的尝试。这种翻译的难处在乎译者的修养；他要能够了解古文学，批判古文学。还要能够照他所了解与批判的译成艺术性的或有风格的白话。

　　翻译之外，还有讲解，当然也是用白话。讲解是分析原文的意义并加以批判，跟翻译不同的是以原文为主，笔者在《国文月刊》里写的《古诗十九首集释》，叶绍钧先生和笔者合作的《精读指导举隅》（其中也有语体文的讲解），浦江清先生在《国文月刊》里写的《词的讲解》，都是这种尝试。有些读者嫌讲得太琐碎，有些却愿意细心读下去。还有就是白话注释，更是以读原文为主，这虽然有人试过，如《论语》白话注之类，可只是敷衍旧注，毫无新义，那注文又啰唆的。现在得从头做起，最难的是注文用的白话，现行的语体文里没有这一体，得创作，要简明朴实。选出该注释的词句也不易，有新义更不易。此外还有一条路，可以叫做拟作。谢灵运有《拟魏太子邺中集》，综合的拟写建安诗人，用他们的口气作诗。江淹有《杂拟诗》三十首，也是综合而扼要地分别拟写历代无名的五言诗人，也用他们自己的口气。这是用诗来拟诗。英国麦克士·比罗姆著《圣诞花环》，却以圣诞节为题用散文来综合地扼要地拟写当代各个作家。他写照了各个作家，也写照了自己。我们不妨如法炮制，用白话来常试。以上四条路都通到古文学的欣赏；我们要接受古代作家文学遗产，就可以从这些路子走近去。

（以上选自《标准与尺度》）

论雅俗共赏

陶渊明有"奇文共欣赏，疑义相与析"的诗句，那是一些"素心人"的乐事，"素心人"当然是雅人，也就是士大夫。这两句诗后来凝结成"赏奇析疑"一个成语，"赏奇析疑"是一种雅事，俗人的小市民和农家子弟是没有份儿的。然而又出现了"雅俗共赏"这一个成语："共赏"显然是"共欣赏"的简化，可是这是雅人和俗人或俗人跟雅人一同在欣赏，那欣赏的大概不会还是"奇文"罢。这句成语不知道起于什么时代，从语气看来，似乎雅人多少得理会到甚至迁就着俗人的样子，这大概是在宋朝或者更后罢。

原来唐朝的安史之乱可以说是我们社会变迁的一条分水岭。在这之后，门第迅速地垮了台，社会的等级不像先前那样固定了，"士"和"民"这两个等级的分界不像先前的严格和清楚了，彼此的分子在流通着，上下着。而上去的比下来的多，士人流落民间的究竟少，老百姓加入士流的却渐渐多起来。王侯将相早就没有种了，读书人到了这时候也没有种了；只要家里能够勉强供给些，自己有些天分，又肯用功，就是个"读书种子"；去参加那些公开的考试，考中了就有官做，至少也落个绅士。这种进展经过唐末跟五代的长期的变乱加了速度，到宋朝又加上印刷术的发达，学校多起来了。士人也多起来了，士人的地位加强，责任也加重了。这些士人多数是来自民间的新的分子，他们多少保留着民间的生活方式和生活态度。他们一面学习和享受那些雅的，一面却还不能摆脱或蜕变那些俗的。人既然很多，大家是这样，也就不觉其寒尘；不但不觉其寒尘，还要重新估定价值，至少也得调整那原来的标准与尺度。"雅俗共赏"似乎就是新提出的尺度或标准，这里并非打倒旧标准，只是要求那些雅士理会到，或迁就些俗士的趣味，好让大家打成一片。当然，所谓"提出"和"要求"，都只是不自觉地看来是自然而然的趋势。

中唐的时期，比安史之乱还早些，禅宗的和尚就开始用口语记录大师的说教。用口语为的是求真与化俗，化俗就是争取群众。安史之乱后，和尚的口语记录更其流行，于是乎有了"语录"这个名称，"语录"就成为一种著述体了。到了宋朝，道学家讲学，更广泛地留下了许多语录；他们用语录，也还是为了求真与化俗，还是为了争取群众。所谓求真的"真"，一面是如实和直接的意思。禅家认为第一义是不可说的，语言文字都不能表达那无限的可能，所以是虚妄的。然而实际上语言文字究竟是不免要用的一种"方便"，记录的文字自然越近实际的、直接的说话越好。在另一面这"真"又是自然的意思，自然才亲切，才让人容易懂，也就是更能收到化俗的功效，更能获得广大的群众。道学主要的是中国的正统的思想，道学家用了语录做工具，大大地增强了这种新的文体的地位，语录就成为一种传统了。此语录体稍稍晚些，还出现了一种宋朝叫做"笔记"的东西。这种作品记述有趣味的杂事，范围很宽，一方面发表作者自己的意见，所谓议论，也就是批评，这些批评往往也很有趣味。作者写这种书，只当作对客闲谈，并非一本正经，虽然以文言为主，可是很接近说话。这也是给大家看的，看了可以当作"谈助"，增加趣味。宋朝的笔记最发达，当时盛行，流传下来的也很多。目录家将这种笔记归在"小说"项下，近代书店汇印这些笔记，更直题为"笔记小说"，中国古代所谓"小说"，原是指记述杂事的趣味作品而言的。

那里我们得特别提到唐朝的"传奇"。"传奇"据说可以见出作者的"史才，诗，笔，议论"，是唐朝士子在投考进士以前用来送给一些大人先生看，介绍自己，求他们给自己宣传的。其中不外乎灵怪、艳情、剑侠三类故事，显然是以供给"谈助"，引起趣味为主。无论照传统的意念，或现代的意念，这些"传奇"无疑的是小说，一方面也和笔记的写作态度有相类之处。照陈寅恪先生的意见，这种"传奇"大概起于民间，文士是仿作，文字里多口语化的地方，陈先生并且说唐朝的古文运动就是从这儿开始。他指出古文运动的领导者韩愈的《毛颖传》，正是仿"传奇"而作。我们看韩愈的"气盛言宜"的理论和他的参差错落的文句，也正是多多少少在口语化。他的门下的"好难"、"好易"两派，似乎原来也都是在试验如何口语化。可是"好难"的一派过分强调了自己，过分想出奇制胜，不管一般人能够了解欣赏与否，终于被人看作"诡"和"怪"而失败，于是宋朝的欧阳修继承了"好易"的一派的努力而奠定了古文的基础。——以上说的种种，都是安史乱后几百年间自然的趋势，就是那雅俗共赏的趋势。

宋朝不但古文走上了"雅俗共赏"的路，诗也走向这条路。胡适之先生说宋诗的好成就在"做诗如说话"，一语破的指出了这条路。自然，这条路上还有许多曲折，但是就像不好懂的黄山谷，他也提出了"以俗为雅"的主张，并且点化了许多俗语成为诗句。实践上"以俗为雅"，并不从他开始，梅圣俞、苏东坡都是好手，而苏东坡更胜。据记载梅和苏都说过"以俗为雅"这句话，可是不大靠得住；黄山谷却在《再次杨明叔韵》一诗的"引"里郑重地提出"以俗为雅，以故为新"，说是"举一纲而张万目"。他将"以俗为雅"放在第一，因为这实在可以说是宋诗的一般作风，也正是"雅俗共赏"的路。但是加上"以故为新"，路就曲折起来，那是雅人自赏，黄山谷所以终于不好懂了。不过黄山谷虽然不好懂，宋诗却终于回到了"做诗如说话"的路，这"如说话"，的确是条大路。

雅化的诗还不得不回向俗化，刚刚来自民间的词，在当时不用说自然是"雅俗共赏"的。别瞧黄山谷的有些诗不好懂，他的一些小词可够俗的。柳耆卿更是个通俗的词人。词后来虽然渐渐雅化或文人化，可是始终不能雅到诗的地位，它怎么着也只是"诗馀"。词变为曲，不是在文人手里变，是在民间变的；曲又变得比词俗，虽然也经过雅化或文人化，可是还雅不到词的地位，它只是"词馀"。一方面从晚唐和尚的俗讲演变出来的宋朝的"说话"就是说书，乃至后来的平话以及章回小说，还有宋朝的杂剧和诸宫调等等转变成功的元朝的杂剧和戏文，乃至后来的传奇以及皮簧戏，更多半是些"不登大雅"的"俗文学"。这些除元杂剧和后来的传奇也算是"词馀"以外，在过去的文学传统里简直没有地位，也就是说，这些小说和戏剧在过去的文学传统里多半没有地位，有些有点地位，也不是正经地位。可是虽然俗，大体上却"俗不伤雅"，虽然没有什么地位，却总是"雅俗共赏"的玩艺儿。

"雅俗共赏"是以雅为主的，从宋人的"以俗为雅"以及常语的"俗不伤雅"，更可见出这种宾主之分。起初成群俗士蜂拥而上，固然逼得原来的雅士不得不理会到甚至迁就着他们的趣味，可是这些俗士需要摆脱的更多。他们在学习，在享受，也在蜕变，这样渐渐适应那雅化的传统，于是乎新旧打成一片，传统多多少少变了质继续下去。前面说过的文体和诗风的种种改变，就是新旧双方调整的过程。结果迁就的渐渐不觉其为迁就，学习的也渐渐习惯成了自然。传统的确稍稍变了质，但是还是文言或雅言为主，就算跟民众近了一些，近得也不太多。

至于词曲，算是新起于俗间，实在以音乐为重，文辞原是无关轻重的；"雅俗共赏，"正是那音乐的作用。后来雅士们也曾分别将那些文辞雅化，但是因为音乐性太重，使他们不能完成那种雅化，所以词曲终于不能达到诗的地位。而曲一直配合着音乐，雅化更难，地位也就更低，还低于词一等。可是词曲到了雅化的时期，那"共赏"的人却就雅多而俗少了。真正"雅俗共赏"的是唐、五代、北宋的词，元朝的散曲和杂剧，还有平话和章回小说以及皮簧戏等。皮簧戏也是音乐为主，大家直到现在都还在哼着那些粗俗的戏词，所以雅化难以下手，虽然一二十年来这雅化也已经试着在开始。平话和章回小说，传统里本来没有，雅化没有合式的榜样，进行就不易。《三国演义》虽然用了文言，却是俗化的文言，接近口语的文言，后来的《水浒》《西游记》《红楼梦》等就都用白话了。不能完全雅化的作品在雅化的传统里不能有地位，至少不能有正经的地位。雅化程度的深浅，决定这种地位的高低或有没有，一方面也决定"雅俗共赏"的范围的小和大——雅化越深，"共赏"的人越少，越浅也就越多。所谓多少，主要的是俗人，是小市民和受教育的农家子弟。在传统里没有地位或只有低地位的作品，只算是玩艺儿；然而这些才接近民众，接近民众却还能教"雅俗共赏"，雅和俗究竟有共通的地方，不是不相理会的两橛了。

单就玩艺儿而论，"雅俗共赏"虽然是以雅化的标准为主，"共赏"者却以俗人为主。固然，这在雅方得降低一些，在俗方也得提高一些，要"俗不伤雅"才成；雅方看来太俗，以至于"俗不可耐"的，是不能"共赏"的。但是在甚么条件之下才会让俗人所"赏"的，雅人也能来"共赏"呢？我们想起了"有目共赏"这句话。孟子说过"不知子都之姣者，无目者也"，"有目"是反过来说，"共赏"还是陶诗"共欣赏"的意思。子都的美貌，有眼睛的都容易辨别，自然也就能"共赏"了。孟子接着说："口之于味也，有同嗜焉；耳之于声也，有同听焉；目之于色也，有同美焉。"这说的是人之常情，也就是所谓人情不相远。但是这不相远似乎只限于一些具体的、常识的、现实的事物和趣味。譬如北平罢，故宫和颐和园，包括建筑、风景和陈列的工艺品，似乎是"雅俗共赏"的，天桥在雅人的眼中似乎就有些太俗了。说到文章，俗人所能"赏"的也只是常识的、现实的。后汉的王充出身是俗人，他多多少少代表俗人说话，反对难懂而不切实用的辞赋，却赞美公文能手。公文这东西关系雅俗的现实利益，始终是不会完全雅化了的。再说后来的小说和戏剧，有的雅人说《西厢记》诲淫，《水浒传》诲盗，这是"高论"。实际上这一部戏剧和这一部小说都是"雅俗共赏"的作品。《西厢记》无视了传统的礼教，《水浒传》无视了传统的忠德，然而"男女"是"人之大欲"之一，"官逼民反"，也是人之常情，梁山泊的英雄正是被压迫的人民所想望的。俗人固然同情这些，一部分的雅人，跟俗人相距还不太远的，也未尝不高兴这两部书说出了他们想说而不敢说的。这可以说是一种快感，一种趣味，可并不是低级趣味；这是有关系的，也未尝不是有节制的。"诲淫""诲盗"只是代表统治者的利益的说话。

十九世纪二十世纪之交是个新时代，新时代给我们带来了新文化，产生了我们的知识阶级。这知识阶级跟从前的读书人不大一样，包括了更多的从民间来的分子，他们渐渐跟统治者拆伙而走向民间。于是乎有了白话正宗的新文学，词曲和小说戏剧都有了正经的地位。还有种种欧化的新艺术。这种文学和艺术却并不能让小市民来"共赏"，不用说农工大众。于是乎有人指出这是新绅士也就是新雅人的欧化，不管一般人能够了解欣赏与否。他们提倡"大众语"运动。但是时机还没有成熟，结果不显著。抗战以来又有"通俗化"运动，这个运动已经在转向大众化。"通俗化"还分别雅俗，还是"雅俗共赏"的路，大众化却更进一步要达到那没有雅俗之分，只有"共赏"的局面。这大概也会是所谓由量变到质变罢。

论朗诵诗

战前已经有诗歌朗诵，目的在乎试验新诗或白话诗的音节，看看新诗是否有它自己的音节，不因袭旧诗而确又和白话散文不同的音节，并且看看新诗的音节怎样才算是好。这个朗诵运动虽然提倡了多年，可是并没有展开；新诗的音节是在一般写作和诵读里试验着。试验的结果似乎是向着匀整一路走，至于怎样才算好，得一首一首诗地看，看那感情和思想跟音节是否配合得恰当，是否打成一片，不漏缝儿，这就是所谓"相体裁衣"。这种结果的获得虽然不靠朗诵运动，可是得靠诵读。诵读是独自一个人默读或朗诵，或者向一些朋友朗诵。这跟朗诵运动的朗诵不同，那朗诵或者是广播，或者是在大庭广众之中。过去的新诗有一点还跟旧诗一样，就是出发点主要的是个人，所以只可以"娱独坐"，不能够"悦众耳"，就是只能诉诸自己或一些朋友，不能诉诸群众。战前诗歌朗诵运动所以不能展开，我想根由就在这里。而抗战以来的朗诵运动，不但广大的展开，并且产生了独立的朗诵诗。转折点也在这里。

抗战以来的朗诵运动，起于迫切的实际的需要——需要宣传，需要教育广大的群众。这朗诵运动虽然以诗歌为主，却不限于诗歌，也朗诵散文和戏剧的对话；只要能够获得朗诵的效果，什么都成。假如战前的诗歌朗诵运动可以说是艺术教育，这却是政治教育。政治教育的对象不用说比艺术教育的广大得多，所以教材也得杂样儿的；这时期的朗诵会有时还带歌唱。抗战初期的朗诵有时候也用广播，但是我们的广播事业太不发达，这种朗诵的广播，恐怕听的人太少了；所以后来就直接诉诸集会的群众。朗诵的诗歌大概一部分用民间形式写成，在旧瓶里装上新酒，一部分是抗战的新作；一方面更有人用简单的文字试作专供朗诵的诗，当然也是抗战的诗，政治性的诗，于是乎有了"朗诵诗"这个名目。不过这个名目将"诗"限在"朗诵"上，并且也限在政治性上，似乎太狭窄了，一般人不愿意接受它。可是朗诵运动越来越快地发展了。诗歌朗诵越来越多了，效果也显著起来了，朗诵诗开始向公众要求它的地位。于是乎来了论争，论争的焦点是在诗的政治性上。笔者却以为焦点似乎应该放任朗诵诗的独立的地位或独占的地位上；笔者以为朗诵诗应该有独立的地位，不应该有独占的地位。

笔者过去也怀疑朗诵诗，觉得看来不是诗，至少不像诗，不像我们读过的那些诗，甚至于可以说不像我们有过的那些诗。对的，朗诵诗的确不是那些诗。它看来往往只是一些抽象的道理，就是有些形象，也不够说是形象化；这只是宣传的工具，而不是本身完整的艺术品。照传统的看法，这的确不能算是诗。可是参加了几回朗诵会，听了许多朗诵，开始觉得听的诗歌跟看的诗歌确有不同之处；有时候同一首诗看起来并不觉得好，听起来却觉得很好。笔者这里想到的是艾青先生的《大

堰河》（他的乳母的名字）；自己多年前看过这首诗，并没有
注意它，可是在三十四年昆明西南联大的五四周朗诵晚会上听
到闻一多先生朗诵这首诗，从他的抑扬顿挫里体会了那深刻的
情调，一种对于母性的不幸的人的爱。会场里上千的听众也都
体会到这种情调，从当场热烈的掌声以及笔者后来跟在场的人
的讨论可以证实。这似乎是那晚上最精彩的节目之一。还有一
个节目是新中国剧社的李先生朗诵庄涌先生《我的实业计划》
那首讽刺诗。这首诗笔者也看到过，看的时候我觉得它写得
好，抓得住一些大关目，又严肃而不轻浮。听到那洪钟般的朗
诵，更有沉着痛快之感。笔者那时特别注意《大堰河》那一
首，想来想去，觉得是闻先生有效地戏剧化了这首诗，他的演
剧的才能给这首诗增加了些新东西，它是在他的朗诵里才完整
起来的。

　　后来渐渐觉得，似乎适于朗诵的诗或专供朗诵的诗大多数
是在朗诵里才能见出完整来的。这种朗诵诗大多数只活在听觉
里，群众的听觉里；独自看起来或在沙龙里念起来，就觉得不
是过火，就是散漫、平淡、没味儿。对的，看起来不是诗，至
少不像诗，可是在集会里的群里朗诵出来，就确乎是诗。这是
一种听的诗，是新诗中的新诗。也跟古代的听的诗又不一样。
那些诗是唱的，唱的是英雄和美人，歌手们唱，贵族们听，是
伺候贵族们的顽意儿。朗诵诗可不伺候谁，只是沉着痛快地说
出大家要说的话，听的是有话要说的一群人。朗诵诗虽然近乎
戏剧的对话，可又不相同。对话是剧中人在对话，只间接地诉
诸听众，而那种听众是悠闲的、散漫的。朗诵诗却直接诉诸紧

张的集中的听众。不过朗诵的确得注重声调和表情，朗诵诗的确得是戏剧化的诗，不然就跟演讲没有分别，就真不是诗了。

　　朗诵诗是群众的诗，是集体的诗。写作者虽然是个人，可是他的出发点是群众，他只是群众的代言人。他的作品得在群众当中朗诵出来，得在群众的紧张的集中的氛围里成长。那诗稿以及朗诵者的声调和表情，固然都是重要的契机，但是更重要的是那氛围，脱离了那氛围，朗诵诗就不能成其为诗。朗诵诗要能够表达出来大家的憎恨、喜爱、需要和愿望；它表达这些情感，不是在平静的回忆之中，而是在紧张的集中的现场，它给群众打气，强调那现场。有些批评家认为文艺是态度的表示，表示行动的态度而归于平衡或平静；诗出于个人的沉思而归于个人的沉思，所以跟实生活保持着相当的距离，创作和欣赏都得在这相当的距离之外。所谓"怨而不怒""乐而不淫""哀而不伤"，所谓"温柔敦厚"以及"无关心"的态度，都从这个相当的距离生出来。有了这个相当的距离，就不去计较利害，所以有"诗失之愚"的话。朗诵诗正要揭破这个愚，它不止于表示态度，却更进一步要求行动或者工作。行动或工作没有平静与平衡，也就没有了距离；朗诵诗直接与实生活接触，它是宣传的工具，战斗的武器，而宣传与战斗正是行动或者工作。玛耶可夫斯基论诗说得好；

　　　　照我们说

　　　　韵律——

　　　　大桶，

　　　　炸药桶。

　　一小行——
　　导火线。
　　大行冒烟，
　　小行爆发，
　　…………

　　这正是朗诵诗的力量，它活在行动里，在行动里完整，在行动里完成。这也是朗诵诗之所以为新诗中的新诗。

　　宣传是朗诵诗的任务，它讽刺、批评、鼓励行动或者工作。它有时候形象化，但是主要的在运用赤裸裸的抽象的语言；这不是文绉绉的拖泥带水的语言，而是沉着痛快的，充满了辣味和火气的语言。这是口语，是对话，是直接向听的人说的。得去听，参加集会，走进群众里去听，才能接受它，至少才能了解它。单是看写出来的诗，会觉得咄咄逼人，野气、火气、教训气；可是走进群众里去听，听上几回就会不觉得这些了。再说朗诵诗是对话，或者三言两语，或者长篇大套；前一种像标语口号，看起来简单得没味儿，后一种又好像啰唆得没味儿。其实味儿是有，却是在朗诵和大家听里。笔者六月间曾在教室里和同学们讨论过一位何达同学写的两首诗。我念给他们听。第一首是《我们开会》：

　　我们开会
　　我们的视线
　　像车辐
　　集中在一个轴心

我们开会

我们的背

都向外

砌成一座堡垒

我们开会

我们的灵魂

紧紧的

拧成一根巨绳

面对着

共同的命运

我们开着会

就变成一个巨人

这一首写在三十三年六月里，另一首《不怕死——怕讨论》写在今年六月三日，"六二"的后一日：

我们不怕死

可是我们怕讨论

我们的情绪非常热烈

谁要是叫我们冷静的想一想

我们就嘶他通他

我们就大声地喊

滚你妈的蛋

无耻的阴谋家

　　难道你们不知道

　　我们只有情绪

　　我们全靠情绪

　　决不能用理智

　　压低我们的情绪

　　可是朋友们

　　我们这样可不行啊

　　我们不怕死

　　我们也不应该怕讨论

　　要民主——我们就得讨论

　　要战斗——我们也得讨论

　　我们不怕死

　　我们也不怕讨论

　　一班十几个人，喜欢第一首的和喜欢第二首的各占一半。前者说第一首形象化，"结地严紧"，而第二首只"是平铺直叙的说出来"。后者说第二首"自然而完整"，"能在不多的几句话里很清楚地说出为什么不怕死也不怕讨论来"，第一首却"只写出了很少的一点，并未能很具体地写出开会的情形"。又说"在朗诵的效果上"，第二首要比第一首大。笔者没有练习过朗诵，那回只是教学上的诵读，要真是在群众朗诵，那结果也许会向第二首一面倒罢。因为笔者在独自看的时候原也喜欢第一首，可是一经在教室里诵读，就觉得第二首有劲儿，想来朗诵起来更会如此的。"结构严紧"，回还往复地写出"很少的一点"，让人仔细吟味，原是诗之所以为诗，不过那是看的诗。朗诵诗的听众没有那分耐性，也没有那样工夫，他们要求沉着痛快，要求动力——形象化当然也好，可是要动的形象，如"炸药桶""导火线"；静的形象如"轴心""堡垒""巨绳"，似乎不够劲儿。

"自然而完整"，就是艺术品了；可是说时容易做时难。朗诵诗得是一种对话或报告，诉诸群众，这才直接，才亲切自然。但是这对话得干脆，句逗不能长，并且得相当匀整，太参差了就成演讲，太整齐却也不自然。话得选择，像戏剧的对话一样的严加剪裁；这中间得留地步给朗诵人，让他用他的声调和表情配合群众的氛围，完整起来那写下的诗稿——这也就是集中。剧本在演出里才完成，朗诵诗也在朗诵里才完成。这种诗往往看来嫌长，可是朗诵起来并不长；因为看是在空间里，听是在时间里。笔者亲身的经验可以证实。前不久在北大举行的一个诗歌晚会里，听到朗诵《米啊，你在哪里?》那首诗，大家都觉得效果很好。这首诗够长的，看了起来也许会觉得啰嗦罢。可是朗诵诗也有时候看来很短，像标语口号，不够诗味儿，放在时间里又怎么样呢? 我想还是成，就因为像标语口号才成；标语口号就是短小精悍才得劲儿。不过这种短小的诗，朗诵的时候得多多的顿挫，来占取时间，发挥那一词一语里含蓄着的力量。请看田间先生这一首《鞋子》：

回去，
告诉你的女人：

要大家
来做鞋子。

像战士脚上穿的
结实而大。

好翻山呀，
好打仗呀。

诗行的短正表示顿挫的多。这些都是专供朗诵的诗，有些诗并非专供朗诵，却也适于朗诵，那就得靠朗诵的经验去选择。例如上文说过的庄涌先生的《我的实业计划》，也整齐，也参差，看起来也不长，自然而完整，听起来更得劲儿。这种看和听的一致，似乎是不常有的例子。艾青先生的《大堰河》，主要的是对话，看起来似乎长些，可是闻先生朗诵起来，特别是那末尾几行的低抑的声调，能够表达出看的时候看不出的一些情感，这就不觉得长，而成为一首自然而完整的诗。朗诵诗还要求严肃，严肃与工作。所以用熟滑的民间形式来写，往往显得轻浮，效果也就不大。这里想到孔子曾以"无邪"论诗，强调诗的政教作用；那"无邪"就是严肃，政教作用就是效果，也就是"行事"或者工作。不过他那时以士大夫的"行事"或者工作为目标，现代是以不幸的大众的行动或者工作为目标，这是不同的。

就在北大那回诗歌晚会散场之后，有一位朋友和笔者讨论。他承认朗诵诗的效用，但是觉得这也许只是当前这个时代需要的诗，不像别种诗可以永久存在下去。笔者却以为配合着工业化，生活的集体化恐怕是自然的趋势。美国诗人麦克里希在《诗与公众世界》一文（一九三九）里指出现在"私有世界"，和"公众世界"已经渐渐打通，政治生活已经变成私人生活的部分；那就是说私人生活是不能脱离政治的。集体化似乎不会限于这个动乱的时代，这趋势将要延续下去，发展下去，虽然在各时代各地域的方式也许不一样。那么，朗诵诗也会跟着延续下去，发展下去，存在下去，——正和杂文一样。美国也已经有了朗诵诗，一九四四年出的达文鲍特的《我的国家》（有杨周翰先生译本）那首长诗，就专为朗诵而作；那里面强调"一切人是一个人"，"此处的自由就是各处的自由"，这就是威尔基所鼓吹的"四海一家"。照这样看，朗诵诗的独立的地位该是稳定了的。但是有些人似乎还要进一步给它争取独占的地位；那就是只让朗诵诗存在，只认朗诵诗是诗。笔者却不能够赞成这种"罢黜百家"的作风；即使会有这一个时期，相信诗国终于不会那么狭小的。

闻一多先生怎样走着中国文学的道路

——《闻一多全集》序

闻一多先生为民主运动贡献了他的生命，他是一个斗士。但是他又是一个诗人和学者。这三重人格集合在他身上，因时期的不同而或隐或现。大概从民国十四年参加《北平晨报》的诗刊到十八年任教青岛大学，可以说是他的诗人时期，这以后直到三十三年参加昆明西南联合大学的五四历史晚会，可以说是他的学者时期，再以后这两年多，是他的斗士时期。学者的时期最长，斗士的时期最短，然而他始终不失为一个诗人；而在诗人和学者的时期，他也始终不失为一个斗士。本集里承臧克家先生抄来三十二年他的一封信，最可以见出他这种三位一体的态度。他说：

> 我只觉得自己是座没有爆发的火山，火烧得我痛，却始终没有能力（就是技巧）炸开那禁锢我的地壳，放射出光和热来。只有少数跟我很久的朋友

（如梦家）才知道我有火，并且就在《死水》里感觉出我的火来。

这是斗士藏在诗人里。他又说：

　　你们作诗的人老是这样窄狭，一口咬定世上除了诗什么也不存在。有比历史更伟大的诗篇吗？

　　我不能想象一个人不能在历史（现代也在内，因为它是历史的延长）里看出诗来，而还能懂诗……你不知道我在故纸堆中所做的工作是什么，它的目的何在……因为经过十馀年故纸堆中的生活，我有了把握，看清了我们这民族，这文化的病症，我敢于开方了。单方的形式是什么——一部文学史（诗的史），或一首诗（史的诗），我不知道，也许什么也不是。……你诬枉了我，当我是一个蠹鱼，不晓得我是杀蠹的芸香。虽然二者都藏在书里，他们的作用并不一样。

学者中藏着诗人，也藏着斗士。他又说，"今天的我是以文学史家自居的。"后来的他却开了"民主"的"方单"，进一步以直接行动的领导者的斗士姿态出现了。但是就在被难的前几个月，他还在和我说要写一部唯物史观的中国文学史。

闻先生真是一团火。就在《死水》那首诗里他说：

　　这是一沟绝望的死水，

　　这里断不是美的所在，

　　不如让给丑恶来开垦，

　　看他造出个什么世界。

这不是"恶之花"的赞颂，而是索性让"丑恶"早些"恶贯满盈"，"绝望"里才有希望。在《死水》这诗集的另一首诗《口供》里又说：

可是还有一个我，你怕不怕？——

苍蝇似的思想，垃圾桶里爬。

"绝望"不就是"静止"，在"丑恶"的"垃圾桶里爬"着，他并没有放弃希望。他不能静止，在《心跳》那首诗里唱着：

静夜！我不能，不能受你的贿赂。

谁稀罕你这墙内方尺的和平！

我的世界还有更辽阔的边境。

这四墙既隔不断战争的喧嚣，

你有什么方法禁止我的心跳？

所以他写下战争惨剧的《荒村》诗，又不怕人家说他窄狭，写下了许多爱国诗。他将中国看作"一道金光"，"一股火"（《一个观念》）。那时跟他的青年们很多，他领着他们作诗，也教着他们从"绝望"里向一个理想挣扎着，那理想就是"咱们的中国！"（《一句话》）。

可是他觉得作诗究竟"窄狭"，于是乎转向历史，中国文学史。他在给臧克家先生的那封信里说，"我始终没有忘记除了我们的今天外，还有那二千年前的昨天，这角落外还有整个世界。"同在三十二年写作的那篇《文学的历史动向》里说起"对近世文明影响最大最深的四个古老民族——中国、印度、以色列、希腊——都在差不多同时猛抬头迈开了大步"。他说：

约当纪元前一千年左右，在这四个国度里，人们都歌唱起来，并将他们的歌纪录在文字里，给流传到后代……四个文化，在悠久的年代里，起先是沿着各自的路线，分途发展，不相闻问。然后，慢慢地随着文化势力的扩张，一个个的胳臂碰上了胳臂，于是吃惊、点头、招手、交谈，日子久了，也就交换了观念思想与习惯。最后，四个文化慢慢地都起着变化，互相吸收、融合，以至总有那么一天，四个的个别性渐渐消失，于是文化只有一个世界的文化。这是人类历史发展的必然路线，谁都不能改变，也不必改变。

这就是"这角落外还有整个世界"一句话的注脚。但是他只能从中国文学史下手。而就是"这角落"的文学史，也有那么长的年代，那么多的人和书，他不得不一步步地走向前去，不得不先钻到"故纸堆内讨生活"，如给臧先生信里说的。于是他好像也有了"考据癖"。青年们渐渐离开了他。他们想不到他是在历史里吟味诗，更想不到他要从历史里创造"诗的史"或"史的诗"。他告诉臧先生，"我比任何人还恨那故纸堆，正因为恨它，更不能不弄个明白"。他要创造的是崭新的现代的"诗的史"或"史的诗"。这一篇巨著虽然没有让他完成，可是十多年来也片段地写出了一些。正统的学者觉得这些不免"非常异义，可怪之论"，就戏称他和一两个跟他同调的人为"闻一多派"。这却正见出他是在开辟着一条新的道路；而那披荆斩棘，也正是一个斗士的工作。这时期最长，写作最多。到后来他以民主斗士的姿态出现，青年们又发现了他，这一回跟他的可太多了！虽然行动时时在要求着他，他写的可并不算少，并且还留下了一些演讲录。这一时期的作品跟演讲录都充满了热烈的爱憎和精悍之气，就是学术性的论文如《龙凤和屈原问题》等也如此。这两篇，还有杂文《关于儒·道·土匪》，大概都可以算得那篇巨著的重要的片段罢。这时期他将诗和历史跟生活打成了一片；有人说他不懂政治，他倒的确不会让政治的圈儿箍住的。

　　他在"故纸堆内讨生活"，第一步还得走正统的道路，就是语史学的和历史学的道路，也就是还得从训诂和史料的考据下手。在青岛大学任教的时候，他已经开始研究唐诗，他本是个诗人，从诗到诗是很近便的路。那时工作的重心在历史的考据。后来又从唐诗扩展到《诗经》《楚辞》，也还是从诗到诗。然而他得弄语史学了。他于是读卜辞，读铜器铭文，从这些里找训诂的源头。从本集二十二年给饶孟侃先生的信可以看出那时他是如何在谨慎地走着正统的道路。可是他"很想到河南游游，尤其想着洛阳——杜甫三十岁前后所住的地方"。他说"不亲眼看看那些地方，我不知杜甫传如何写"。这就不是一个寻常的考据家了！抗战以后，他又从《诗经》《楚辞》跨到了《周易》和《庄子》；他要探求原始社会的生活，他研究神话，如高唐神女传说与伏羲故事等等，也为了探求"这民族，这文化"的源头。而这原始的文化是集体的力，也是集体的诗；他也许要借这原始的集体的力给后代的散漫和萎靡来个对症下药罢。他给臧先生写着：

　　　　我的历史课题甚至伸到历史以前，所以我研究神

话，我的文化课题超出了文化圈外，所以我又在研究
以原始社会为对象的文化人类学。

他不但研究着文化人类学，还研究佛罗依德的心理分析学
来照明原始社会生活这个对象。从集体到人民，从男女到饮
食，只要再跨上一步；所以他终于要研究起唯物史观来了，要
在这基础上建筑起中国文学史。从他后来关于文学的几回演
讲，可以看出他已经是在跨着这一步。

然而他为民主运动献出了生命，再也来不及打下这个中国
文学史的基础了。他在前一个时期里却指出过"文学的历史动
向"。他说从西周到北宋都是诗的时期，"我们这大半部文学
史，实质上都是诗史"。可是到了北宋，"可能的调子都已唱
完了"，上前"接力"的是小说与戏剧。"中国文学史的路线
从南宋起便转向了，从此以后是小说戏剧的时代。"他说"是
那充满故事兴味的佛典之翻译与宣讲，唤醒了本土的故事兴趣
的萌芽，使它与那较进步的外来形式相结合，而产生了我们的
小说与戏剧"。而"第一度外来影响刚刚扎根，现在又来了第
二度的。第一度佛教带来的印度影响是小说戏剧，第二度基督
教带来的欧洲影响又是小说戏剧"。于是乎他说：

> 四个文化同时出发……三个文化都转了手，有的
> 转给近亲，有的转给外人，主人自己却没落了，那许
> 是因为他们都只勇于"予"而怯于"受"。中国是勇
> 于"予"而不太怯于"受"的，所以还是自己文化
> 的主人，然而……仅仅不怯于"受"是不够的，要
> 真正勇于"受"。让我们的文学更彻底地向小说戏剧

发展，等于要我们死心塌地走人家的路。这是一个
"受"的勇气的测验，也是我们能否继续做自己文化
的主人的测验。

这里强调外来的影响。他后来建议将大学的中国文学系跟
外国语文学系改为文学系跟语言学系，打破"中西对立，文语
不分"的局面，也是"要真正勇于受"，都说明了"这角落外
还有整个世界"那句话。可惜这个建议只留下一堆语句，没有
写成。但是那印度的影响是靠了"宗教的势力"才普及于民
间，因而才从民间"产生了我们的小说与戏剧"。人民的这种
集体创作的力量是文学的史的发展的基础，在诗歌等等如此，
在小说戏剧更其如此。中国文学史里，小说和戏剧一直不曾登
大雅之堂，士大夫始终只当它们是消遣的顽意儿，不是一本正
经。小说和戏剧一直不曾能够脱去俗气，也就是平民气。等到
民国初年我们的现代化的运动开始，知识阶级渐渐形成，他们
的新文学运动和新文化运动接受了欧洲的影响，也接受了"欧
洲文学的主干"的小说和戏剧；小说和戏剧这才堂堂正正地成
为中国文学。文学的历史动向里还没有顾到这种情形，但在中
国文学史稿里，闻先生却就将"民间影响"跟"外来影响"
并列为"二大原则"，认为"一事的二面"或"二阶段"还
说，"前几次外来影响皆不自觉，因经由民间；最近一次乃士
大夫所主持，故为自觉的。"

他的那本《中国文学史稿》，其实只是三十三年在昆明中
法大学教授中国文学史的大纲，还待整理，没有收在全集里。
但是其中有四千年文学大势鸟瞰，分为四段八大期，值得我们

看看：

第一段　本土文化中心的抟成　一千年左右

　　第一大期　黎明　夏商至周成王中叶（公元前二五〇——一一〇〇）约九百五十年

第二段　从三百篇到十九首　一千二百九十一年

　　第二大期　五百年的歌唱　周成王中叶至东周定王八年（陈灵公卒，《国风》约终于此时）（前一〇九九——五九九）约五百年

　　第三大期　思想的奇葩　周定王九年至汉武帝后元二年（前五九八——八七）五百一十年

　　第四大期　一个过渡期间　汉昭帝始元元年至东汉献帝兴平二年（前八六——后一九五）二百八十一年

第三段　从曹植到曹雪芹　一千七百一十九年

　　第五大期　诗的黄金时代　东汉献帝建安元年至唐玄宗天宝十四载（一九六——七五五）五百五十九年

　　第六大期　不同型的馀势发展　唐肃宗至德元载至南宋恭帝德祐二年（七五六——一二七六）五百二十年

　　第七大期　故事兴趣的醒觉　元世祖至元十四年至民国六年（一二七七——一九一七）六百四十年

第四段未来的展望——大循环

　　第八大期　伟大的期待　民国七年至……（一九

一八——……)

第一段"本土文化中心的抟成"，最显著的标识是仰韶文化（新石器时代）的陶器花纹变为殷周的铜器花纹，以及农业的兴起等。第三大期"思想的奇葩"，指的散文时代。第六大期"不同型的馀势发展"，指的诗中的"更多样性与更参差的情调与观念"，以及"散文复兴与诗的散文化"等。第四段的"大循环"指的回到大众。第一第二大期是本土文化的东西交流时代，以后是南北交流时代。这中间发展的"二大原则"，是上文提到的"外来影响"和"民间影响"；而最终的发展是"世界性的趋势"。——这就是闻先生计划着创造着的中国文学史的轮廓。假如有机会让他将这个大纲重写一次，他大概还要修正一些，补充一些。但是他将那种机会和生命，一起献出了，我们只有从这个简单的轮廓和那些片段，完整的，不完整的，还有他的人，去看出他那部"诗的史"或那首"史的诗"。

他是个现代诗人，所以认为"在这新时代的文学动向中，最值得揣摩的，是新诗的前途"。他说新诗得"真能放弃传统意识，完全洗心革面，重新做起"。

但那差不多等于说，要把诗作得不像诗了。也对。说得更准确点，不像诗，而像小说戏剧，至少让它多像点小说戏剧，少像点诗。太多"诗"的诗，和所谓"纯诗"者，将来恐怕只能以一种类似解嘲与抱歉的姿态，为极少数人存在着。在一个小说戏剧的时代，诗得尽量采取小说戏剧的态度，利用小说戏剧的技巧，才能获得广大的读众。……新诗所用的语

言更是向小说戏剧跨近了一大步，这是新诗之所以为
"新"的第一个也是最主要的理由。其他在态度上，
在技巧上的种种进一步的试验，也正在进行着。请放
心，历史上常常有人把诗写得不像诗，如阮籍、陈子
昂、孟郊，如华茨渥斯、惠特曼，而转瞬间便是最真
实的诗了。诗这东西的长处就在它有无限度的弹
性，……只有固执与狭隘才是诗的致命伤，……

那时他接受了英国文化界的委托，正在钞选中国的新诗，
并且翻译着。他告诉臧克家先生：

不用讲今天的我是以文学史家自居的，我并不是
代表某一派的诗人。惟其曾经一度写过诗，所以现在
有揽取这项工作的热心，惟其现在不再写诗了，所以
有应付这工作的冷静的头脑而不至于对某种诗有所偏
爱或偏恶。我是在新诗之中，又在新诗之外，我想我
是颇合乎选家的资格的。

是的，一个早年就写得出《女神的时代精神》和《女神
的地方色彩》那样确切而公道的批评的人，无疑的"是颇合
乎选家的资格的"。可惜这部诗选又是一部未完书，我们只能
够尝鼎一脔！他最后还写出了那篇《时代的鼓手》，赞颂田间
先生的诗。这一篇短小的批评激起了不小的波动，也发生了不
小的影响。他又在三十四年西南联合大学五四周的朗诵晚会上
朗诵了艾青先生的《大堰河》，他的演讲的才能和低沉的声调
让每一个词语渗透了大家。

闻先生对于诗的贡献真太多了！创作《死水》，研究唐诗

以至《诗经》《楚辞》，一直追求到神话，又批评新诗，钞选新诗；在被难的前三个月，更动手将《九歌》编成现代的歌舞短剧，象征着我们的青年农民的严肃的工作。这样将古代跟现代打成一片，才能成为一部"诗的史"或一首"史的诗"。其实他自己的一生也就是具体而微的一篇"诗的史"或"史的诗"，可惜的是一篇未完成的"诗的史"或"史的诗"！这是我们不能甘心的！

（以上选自《论雅俗共赏》）

"今天的诗"

——介绍何达的诗集《我们开会》

多少年来大家常在讨论诗的道路，甚至于出路。讨论出路，多少是在担心诗没有出路。其实诗何至于没有出路呢？抗战以后，诗又像五四时代流行起来了。出路似乎可以不必担心了，但是什么道路呢？什么方向呢？大家却还看不准。抗战结束了，开始了一个更其动乱的时代。这时代需要诗，更其需要朗诵诗。三年了，生活越来越尖锐化，诗也越来越尖锐化。不论你伤脑筋与否，你可以看出今天的诗是以朗诵诗为主调的，作者主要的是青年代。所谓以朗诵诗为主调，不是说只有朗诵诗，或诗都能朗诵，我们不希望诗的道路那么窄。这只是说朗诵以外的诗，除掉不为了朗诵，不适于朗诵之外，态度和朗诵诗是一致的，这却也不是说这些诗都是从朗诵诗蜕变的，它们和朗诵诗起先平行发展，后来就归到一条路上来了，因为大家的生活渐渐归到一条路上来了。

闻一多先生在《文学的历史动向》里论到"新诗的前途"，说"至少让它多像点小说戏剧，少像点诗"。现在的朗诵诗有时候需要化装，确乎是戏剧化。这种大概是讽刺诗，摹仿口气也就需要摹仿神气，所以宜于化装。但是更多的朗诵诗是在要求行动，指导行动，那就需要散文化、杂文化、说话化，也就不像传统的诗。根本的不同在于传统诗的中心是"我"，朗诵诗没有"我"，有"我们"，没有中心，有集团。这是诗的革命，也可以说是革命的诗。本集的作者何达同学指出今天青年代的诗都在发展这个"我们"而扬弃那个"我"，不管朗诵不朗诵。他的话大概是不错的。这也可以说是由量变到质变的路。田间先生最先走上这条路。后来像绿原先生《童话》里《这一次》一首里：

　　我们召唤

　　……

　　我们将有

　　一次像潮水的集合

像鲁藜先生《醒来的时候》里《青春曲》一首里：

　　春天呀，

　　你烧灼着太行山，

　　你烧灼着我们青春的胸部呀！

也都表示着这种进展。

　　近来青勃先生的《号角在哭泣》里有一首《叩》，第二段是：

　　人民越来越多

　　紧闭的门外

　　人民的愤怒

> 一秒钟比一秒钟高扬
>
> 人民的力量
>
> 一秒钟比一秒钟壮大
>
> 等他们
>
> 在门外爆炸
>
> 一片宫殿便会变成旷场

作者是在这"人民"之中的,"人民"其实就等于"我们"了。传统诗有"我",所以强调孤立的个性,强调独特的生活,所以有了贵族性的诗人。青年代却要扬弃这种诗人。何达在《我们不是"诗人"》里说:

> "诗人"们啊
>
> 你们的灵魂发酸了
>
> 你们玩弄着自己的思想
>
> 别人玩弄着你们的语言
>
> 闲着两只手
>
> 什么也不做
>
> ——滚你们的蛋吧

诗人做了诗人,就有一个诗人的圈子将他圈在里头。不论他歌唱的是打倒礼教、人道主义、爱和死、享乐和敏感,或是折磨和信仰,却总是划在一道圈子里,躲在一个角落里,不能打开了自己,不能像何达说的"火一样地公开了自己"(《无题》)。这种诗人的感兴和主题往往是从读书甚至于读诗来的。读书或读诗固然是生活,但是和衣、食、住的现实生活究竟隔了一层。目下大家得在现实生活里挣扎和战斗。所以何达说:

　　　　我们的诗

　　　　只是铁匠的

　　　　"榔头"

　　　　木匠的

　　　　"锯"

　　　　农人的

　　　　"锄头"

　　　　士兵的

　　　　"枪"——《我们不是"诗人"》

　　这样抹掉了"诗人"的圈子，走到人民的队伍里，用诗做工具和武器去参加那集体的生活的斗争。是现在的青年代。

　　"我们"替代了"我"，"我们"的语言也替代了"我"的语言。传统的诗人要创造自己的语言，用奇幻的联想创造比喻或形象，用复杂而曲折的组织传达情意，结果是了解和欣赏诗的越来越少。所以现在的诗的语言第一是要回到朴素，回到自然。这却并不是回到传统的民间形式，那往往落后的贫乏而浮夸的语言。这只是回到自己口头的语言，自己的集团里的说话。有时候从生活的接触里学习了熟悉了别的集团的说话，也在适当的机会里使用着。总而言之，诗是一种说话，照着嘴里说得出的，至少说起来不太别扭地写出来，大概没有错儿。新鲜的形象还是要的，经济的组织也还是要的，不然就容易成为庸俗的，散漫的东西。但是要以自己的说话做标准，要念起来不老是结结巴巴的，至少还要自己的集团里的人听起来一听就懂。换句话说，诗的语言总要念得上口才成。许多青年人的诗已经向着这个方向走。这就是朴素和自然。但是诗既然分了行，到底是诗，自然尽管自然，匀称还是要匀称的，不过不可机械化就是了。自然和朴素使得诗行简短，容易集中些，容易完整些。民间形式里的重叠，若是活泼的变化的应用，也有同样的效果。何达有一首《我们的话》，是简短而"干脆"的话，同时是简短而"干脆"的形象化的诗。

> 我们要说一种话
>
> 干脆得
>
> 像机关枪在打靶
>
> 一个字一个字
>
> 就是那一颗颗
>
> 火红的曳光弹
>
> 瞄得好准

今天的诗既然以朗诵诗为主调，歌唱的主题自然是差不多的。朗诵诗的主题可以说有讽刺、控诉和行动三个，而强调的是第一个第三个。其他的诵却似乎在强调着第一个第二个。这也是很自然的。朗诵诗诉诸群众，控诉和行动是一拍就合的。其他的诗不能如此，所以就偏向前两个主题上去了。讽刺诗容易夸张而不真切，无论朗诵或默读，往往会弄到只博得人们一笑，不给留下回味，要能够恰如其分的严肃就好。控诉诗现在似乎集中在农民或农村的纪实——这种苦难和迫害的纪实，实在是些控诉的言词，控诉那帮制造苦难和施行迫害的人，提醒大家对于他们的憎恨。给都市的被压迫者控诉的诗却还不多。本集里的《兵士们的家信》《黄包车夫》《一个少女的经历》

提供了一些例子。闻一多先生要让诗"多像点小说戏剧"，这种纪实的控诉的诗，不正有点像小说么？他的预言是不错的。

行动诗在一两年来大学生的各种诗刊里常见，大概都是为了朗诵做的。朗诵诗的作用在讽刺或说教，说服或打气，它诉诸听觉，不容人们停下来多想，所以不宜于多用形象，碎用形象，也不宜于比较平静的纪实。同样的理由，它要求说尽，要求沉着痛快。可是，假如讽刺流于谩骂，夸张到了过火，一发无馀，留给听众做的工作就未免太少，也许倒会引起懒惰和疲倦来的。朗诵诗以外其他的诗，那些形象诗和纪实诗是供人默读的，主要的还得诉诸视觉，它们得有新鲜的形象，比朗诵诗更经济的组织，来暗示，让读者有机会来运用想象力。本集里的《我们开会》一首行动诗，朗诵起来效果大概不大，因为不够动的，不够劲的，可是不失为一首好的形象诗，因为表现出来"团结就是力量"。

> 我们开会
> 我们的视线
> 像车辐
> 集中在一个轴心
>
> 我们开会
> 我们的背
> 都向外
> 砌成一座堡垒

我们开会

我们的灵魂

紧紧地

拧成一根巨绳

面对着

共同的命运

我们开着会

就变成一个巨人

"团结就是力量。"何达在《我们不是"诗人"》的结尾说：

我们

要求着

"工作"

热爱着

"工作"

需要诗

我们才写诗

需要生命

就交出

我们的生命

"工作"就是团结，为了团结"交出""生命"，青年代是有着这样自负的。青勃先生说：

要死

死在敌人的枪弹下

把胸膛给兄弟们作桥板（《生死篇》）
鲁藜先生也说：

把自己当作泥土吧

让众人把你踩成一条道路（《泥土，泥土》第一
辑）
本集里的《无题》也许可以综合地说明今天的诗：

对于这个时代

我

是一个"人证"

我的诗

是"物证"
这个"我"是"我们"的代言人。的确，诗是跟着时代，
又领着时代的。

图书在版编目（CIP）数据

朱自清选集/朱自清著. --北京：开明出版社，2023.6（2024.3 重印）
（新文学选集）
ISBN 978-7-5131-7919-5

Ⅰ.①朱… Ⅱ.①朱… Ⅲ.①中国文学–现代文学–
作品综合集 Ⅳ.①I216.2

中国版本图书馆 CIP 数据核字（2022）第 229611 号

责任编辑：卓玥　程刚

书　　名：朱自清选集
出 版 人：陈滨滨
著　　者：朱自清
编　　者：新文学选集编辑委员会
主　　编：茅　盾
出　　版：开明出版社（北京市海淀区西三环北路25号青政大厦6层）
印　　刷：三河市同力彩印有限公司
开　　本：889 * 1300　1/16
印　　张：16.25
字　　数：162 千字
版　　次：2023 年 6 月第 1 版
印　　次：2024 年 3 月第 2 次印刷
定　　价：50.00 元

印刷、装订质量问题，出版社负责调换。联系电话：(010)88817647